底辺探索者は
最強ブラックスライムで
配信がバズりました！
~ガチャスキルで当てたのは怠惰な人気者~
御峰。
画 Parum

INDEX

底辺探索者は最強ブラックスライムで配信がバズりました！
～ガチャスキルで当てたのは怠惰な人気者～

御峰。 ill.Parum

チャンネル登録　メンバーになる　8859

榊陸 P.N. エム
とある理由のため
毎日配信をしている底辺探索者。
スキル【ガチャ】でURの
ブラックスライム・リンを引き当てる。

「ひゃん!?
ん……やぁ……
だめ……っ……」
一体どこに触ってるんだ!?

奈々
【ダンジョン病】によって突如として植物状態になってしまった陸の妹。
綾瀬里香
奈々が入院している病院の看護師。何かと陸と奈々を気にかけてくれる。

「うふふ♡」
「シホヒメちゃん～♡」
「ひいっ!?」

リン
ブラックスライム。
とても怠惰な性格だが、
戦闘能力は非常に高い。
ご主人様である
陸のことが大好き。
如月志保
P.N. シホヒメ
陸と高校時代に同級生だった探索者。
長らく悩んでいる不眠症の解決のため
陸たちとダンジョン探索をしている。

「魔石ちょ～だい」
「だ、だめ……」
「悪い子はこうするの～♡」

ダッシュエックス文庫

底辺探索者は最強ブラックスライムで配信がバズりました!

~ガチャスキルで当てたのは怠惰な人気者~

御峰。

一章　URブラックスライム

《現在のガチャポイント：１００》
《現在【ガチャ】を【1】回、引けます。》
俺の前に現れたのは宙に浮く奥が透けて見える画面。
さらに視線を落とすと詳細《しょうさい》が書かれている。
《1連を回す：必要ガチャポイント１００》
《10＋1連を回す：必要ガチャポイント１０００》
《１００＋20連を回す：必要ガチャポイント１００００》
三つのボタンが光り輝いており、存在感を放っている。
そして、すぐに俺の周りを浮かび上がった黒い文字が右から左に流れた。
『キタァァァァ！』
『回せ回せ～！』
『今日はどんなハズレを引くのか待ってました～！』

俺を煽《あお》るかのような黒い文字は、俺の配信を遠くから見ている視聴者《リスナー》たちである。配信中、リアルタイムでコメントを送ってくるのだ。

チラッと上を見るとコウモリ型のドローンが、音を立てずに浮かんだまま俺を撮影している。

現在俺はダンジョンで配信を行っているし、コメントはドローンが映してくれる。

配信媒体《ばいたい》は【コネクト～貴方《あなた》の探索活動を世界に配信する～】である。

ダンジョンが生まれてから世界は大きく変わり、ダンジョンに潜る人々を【探索者】と呼ぶようになった。

その中でも探索中に配信をする人を【配信探索者】と呼んでいる。探索者全員が配信をするわけではなく、大半の人はむしろ嫌っている。

理由は色々あるが、一番多い理由として、配信者は顔を出すことになるし、配信中に恥《は》ずかしい姿を見せることだってある。中には仮面を被《かぶ》る人もたまにいるけど。

では俺はどうして配信をするのか。その理由はたった一つ――――お金のためだ。

「う、うるせぇー！　言われなくても回してやるからよ！」

煽り文句のコメントに、心にもない言葉で返事をする。

『はよう回せよー！』

『このために二時間もつまらない配信見たんだぞ！』

と、さらに煽りコメントが追い打ちをかける中、『今日は良い物が当たりますように』なんて優しいコメントも流れたりする。

少し緊張しながら、目の前の《1連を回す》ボタンに人差し指で触れた。

ピコンという効果音が響いて、俺の正面に、れっきとしたガチャ筐体《きょうたい》が現れた。そのまま空中に浮かんでいる。

すぐにコメントでは『ハズレこい～！』と大量の弾幕が流れる。

手を伸ばして筐体のハンドルに触れると、ガラガラと音を鳴らしてハンドルが勝手に時計回りに回り始める。

ハンドル下部にある口部分から、まん丸いガチャカプセルが一つ出てきた。

『黒いカプセルキタァァァァ！』

『今日もハズレでした！』

「ちくしょおおおお！　今日もハズレだったぁああああ！」

俺は地面に落ちた黒いカプセルの前で、両手を地面に付けて絶望する。

おそらく流れるコメントには、俺を哀《あわ》れむものが大量に流れているはずだ。

地面に落ちた拳《こぶし》サイズの黒いカプセルが勝手に割れて、中から光が溢《あふ》れる。そして、そこから現れたのは――

『はあ!?　今日はハズレ中のハズレじゃん～！』

『いやいや、ある意味当たりだよ？』

『エム氏って童貞《どうてい》だったような？』

『いやいや、こんな底辺配信者に彼女がいるわけないでしょう』

心ないコメントが流れて視界を埋め尽くす。

俺は震える手を伸ばして地面に落ちたソレを拾い、ゆっくりと立ち上がった。

「ちくしょおおおおお！　使えないものが出てくるくらいなら野菜の一つでも出てこいよ！」

地面に一枚のコンドームを叩《たた》きつけて大声で叫んだ。

このガチャは外れる率の方が圧倒的に高い。その確率は何と【98・79％】。

ほとんどは【N《ノーマル》】が現れる。

いつもなら缶ジュースとか、ご飯パックとか、もっと実用性のあるモノが出るのに、今日は人生初のコンドームが出た。

俺はもう十九歳になるけど、今のところ、これを使った経験はない。いや、使えないんじゃない。使わないのだ。誤解されないように言っておくと、使える場面に遇《あ》ったことはない。

空に浮かぶカメラに向かって、人差し指を差して大声で話す。

「お前ら！　人の不幸ばかり祈りやがって！　今日もちゃんとポイント入れてくれよな！」

『おkおk～お疲れ～明日も外れるのを祈っているぜ～』

『当たらないからって俺たちに当たるなよ～童〇～』

『可哀想《かわいそう》だからボタン押しておくぜ～』

●LIVE
今日はハズレ中のハズレじゃん〜！
いやいや、ある意味当た
氏って童貞だったような？
いやいや、こんな底辺配信者に彼女がいるわけなカメラの下に見える画面には《現在視聴者数：97人》と《応援：8》と書かれている。
そこから現在視聴者数がどんどん減っていき、代わりに応援がどんどん増える。やがて97に到達したので、今日も見てくれた全員が納得してくれたみたいだ。
《時間になりましたので、配信は終了となります。お疲れさまでした。コネクト運営より》
また別の画面が現れて、配信の終わりを迎えた。

世界にダンジョンが現れてから九年。俺が丁度《ちょうど》十歳になった年にダンジョンが現れ、世界中の十歳以上の人々に【ギフト】が与えられた。ただし、全員にというわけではない。

ギフトを受け取れた人は【ギフト持ち】と呼ばれ、羨望《せんぼう》の対象になる一方、貰《もら》えなかった人たちから妬《ねた》まれる結果となった。ギフトの種類は様々で、戦いに活《い》かせるものもあれば、できないものもある。俺の場合は典型的な後者だ。

ギフトは誰かと被ることがないので、人それぞれ違うギフトを持つことになる。

俺が授かったギフトの名前は【ガチャ】。

ダンジョンの中で出現する魔物を倒してドロップする魔石を、ポイントに変換してガチャを引けるのが俺の力だ。

誰もが羨《うらや》むギフトだが、俺の力はたったこれだけ。身体能力が強くなったわけでも、魔法が使えるようになったわけでも、特別なアイテムが作れるようになったわけでもない。

ただ魔石をポイントにしてガチャを引けるだけだ。しかも、今まで一年間いつもほぼ一回ずつ引いて、N以外を引けなかった。Nの確率――【98・79%】の壁は高い。


配信が終わりやって来たのは、とある病院だ。

広めの病室に入るとベッドが一つ見える。

ベッドに横たわっているのは、俺の実妹の榊《さかき》奈々である。

色白の肌《はだ》と端麗《たんれい》な顔は、兄である俺が見ても世界で一番可愛《かわい》らしい。

「ただいま――奈々《なな》」

妹は、ダンジョンが現れた日から植物状態となっている。研究が進んでわかったのは、今でもちゃんと意識があるということ。

今だって俺の声が聞こえているはずで、発症して九年なのに健康体である。これは不思議な力で体の状態が正常に保たれ、年相応に成長しているからだと先生が言っていた。

これを通称【ダンジョン病】といい、奈々だけでなく全国で同じ事例が見られるという。

「今日も配信頑張ってきたぞ～またNを引いてしまったがな……………必ずUR《ウルトラレア》を引いて、奈々の病気を治せる薬を手にするから待っていてくれ」

しばらく妹との時間を堪能《たんのう》して病室を後にした。

「陸《りく》くん。今日もお疲れ様」

「どうも」

カウンターで俺に優しく声をかけてくれる看護師さんは、笑顔で出迎えてくれた。

「来月の入院費、先払いします」

俺は一枚のカードを取り出した。

実は妹が患《わずら》っているダンジョン病は、社会的に問題にはなっているが、未《いま》だ病気として認められていないために、入院費は全《すべ》て自腹になっている。

その一番の理由は、まだ解明されてない不思議な力で体が成長しているし、食事も必要なく生きられるためだ。

カードの残高は十分に確保しているので、支障なく支払いを済ませてその場を後にした。看護師さんからは「頑張ってね」と優しく声をかけられた。

ああ……言われなくても俺は妹を治すその日まで絶対に諦《あきら》めない。


家に帰ってきてレトルトご飯と味噌汁《みそしる》で簡単に食事をとる。

食べながらスマートフォンの端末を開いた。

中古品なだけあって起動も遅いし、充電しながらじゃないと使えない。

起動したスマホで【コネクト】の自分のページを開いた。

《アカウント名：エム》

《チャンネル名：底辺探索者のガチャ配信》

《チャンネル登録者数：２１７名》

《応援ポイント：97》

今日も無事応援ポイントを確認できた。

ポイントをクリックすると、《換金しますか?：９７００円》と表示される。

今日の配信で貰えた応援ポイントはこうやって換金する。

応援ポイントは送る側が課金したポイントだ。だから別名【投げ銭】と呼ばれている。

換金を申し込み、今度は俺のもう一つの力、【ガチャ袋】から今日獲得した物を取り出す。

ギフトでガチャを授かった日に一緒に授かったスキル【ガチャ袋】は、ガチャで手に入れたアイテムを不思議な空間に収納できるスキルで、どれだけ重くて多くても異空間に入れられるし、入れておくことで無期限に保管することもできる。

おかげでリュックが軽くて大助かりだ。魔石だってすぐにポイントに換金しているしな。

さて、コンドーム…………こんなもの出されてもどう使えというのか。使いたい相手もいないのに……。

ふと、届いた応援ポイントのところに《メッセージ：３件》が見えた。

応援ポイントは一緒にメッセージも送ることができる。読むか読まないかは配信者が選べるが、当然俺は全て読んでいる。

《今日もハズレだったな～がははは！》
「これはいつも笑ってくれる人だな。いつもありがとうよ」
《変態……》
「いやいや！　俺のせいじゃねぇだろ！」
《いつも楽しく拝見しております。本日はとても残念な内容でしたが元気出してまた明日も頑張ってください。少ないですが応援ポイントを送っておきます》
「この丁寧《ていねい》な言葉はいつもの人だな。初期からずっと……ありがとうよ。本当に大助かりだ」
聞こえるはずはなく、メッセージに返信もできないが、配信者となった俺のせめてものプライドとして、声に出して返事をする。
感謝の意を表して画面に手を合わせたあと、俺は眠りについた。

次の日もいつも通りにダンジョン配信を始める。

配信アプリであるコネクトは、配信者の支援を目的としており、通常配信は公平性のため二時間までで、チャンネル登録者数が一定数以上になると、四時間までになる。

配信探索者は一定数存在していて、常《つね》に同時配信しているチャンネルもまあまあいる。

視聴者数を増やすには、人気がある配信探索者の配信時間を避けるのがコツだったりして、その理由からも俺はいつも朝の十時から十二時まで配信している。

俺が通っている漆黒《しっこく》ダンジョンは、天井五メートルくらいで横幅十メートルくらいの通路が入り組んでいる洞窟《どうくつ》だ。

今日もジメジメした雰囲気《ふんいき》のダンジョンを進むと、獲物《えもの》——ダークラビットを見つけた。

黒いふわふわした毛に覆《おお》われていて可愛いと思いきや、体長は五十センチもあり、目が真っ赤に光っていて、角《つの》じゃんとツッコミたくなるような大きな牙《きば》が生《は》えている。

『おお～今日も兎《うさぎ》狩りか～初心者くん！』

『この光景も一年以上見ていると、逆にホッとするな』

「うるせぇ！　これでも最近は簡単に倒せるようになったんだぞ！」

そもそもだ。ギフト持ちではあるけど、戦闘力は皆無《かいむ》だ。普通の一般人と何ら変わらない。

ダークラビットが俺に気づいて飛びついてくる。血気盛んなものだ。

両手で握っていたロングソードで、兎魔物を避《よ》けながら流し斬《き》る。

『おお～様《さま》になってきたものだな～』

『そりゃな～一年中兎狩りを続けているからな～』

ぐう…………俺だってもっと深くに潜って、色々倒したいんだよ！

『エム。一歩避けるのが遅れていたぞ。もっと間合いを大事にしろ』

「お？　師匠《ししょう》。久しぶりっす。すみません。気をつけます」

『師匠キタァァァア！』

『偉そうに語る師匠キタァ〜！』

リスナーにも色んな人がいる。

煽って楽しむ者、ただ眺《なが》めて楽しむ者、心配してくれる者、そして、師匠。

俺の構えがあまりにも酷《ひど》いみたいで、コメントの形ではあるが色々教えてくれた人だ。おかげで剣術のケの字も知らなかった俺が、今ではダークラビットを簡単に倒せるようになった。

ちなみに、俺を『エム』と呼び捨てにするのは師匠だけだ。

倒れたダークラビットが黒い粒子《りゅうし》になり、周りに散る。

その跡地にキラリと光る小さな宝石が一つ。ビー玉サイズの【魔石】だ。

魔石の使い道は、国に売ることで1ポイント分十円に換金できる。

ダークラビットは極小サイズしか落とさないが、深層にいるものはもっと大きい魔石を落とすという。

魔石を拾うと早速《さっそく》画面が現れた。

《【ガチャ】に【魔石】を充填《じゅうてん》させますか？》

と画面に表示されて、手に持った魔石を画面に入れると、文言《もんごん》が変わる。

《ガチャポイントが【1】充填されました。合計ポイントは【1】です。》

こうしてガチャポイントを充填させて、100ポイント貯《た》まったらガチャを一回回せる。

次々にダークラビットを倒していく。

一年以上この一層に通っているが、ダークラビット以外出現していない。

ギフト持ちにはレベルという概念があり、魔物を倒して強くなっていくけど、ダークラビットでは最低経験値しか獲得できず、一年間でレベルはまだ4だ。

ダークラビットを倒していると、コメントが流れる。

『そういや童○～昨日の当たりは使ったのかよ～』

『使えるわけねぇだろ～ｗｗ』

『いやいや、こういう陰《いん》キャって実は相手がいたりするのさ！』

まーた根も葉もないことを………。

「そんなもん使えるわけないだろ！　俺はガチャ以外興味ないんだっつうの！」

『ガチャ廃人《はいじん》発言キタァァァァ！』

『廃人さんちーっす～ｗｗｗ』

煽られながらも魔物を倒して、ようやくガチャ一回分が貯まった。

待ってましたと言わんばかりにコメントが流れて、リスナーも遂《つい》に１００人を超えた。

最近少しずつ数字が伸びている気がする。

いつも通りガチャ画面を開いて、ガチャを引くボタンを押す。

ガチャ筐体が現れてゆっくりとハンドルを回すと、口からガチャカプセルが一つ落ちた。

『今日も黒確定～！』

『またハズレかよｗｗｗｗ』

『ここ一年間ハズレしか出てねぇな〜ハズレしかないガチャかよ〜ｗ』

地面に落ちた黒いカプセルが開いて中から現れたのは――

「ラバーカップとかいらねぇよ！　もう何個目だよ！　うちのトイレなんて一つしかねぇよ!!」

『すっぽんキタァァァァ！』

『まーたトイレの詰まり直すやつかよｗ』

『もう何個目だよ〜そんないらないいだろ〜！』

「いらねぇええええ」

『可哀想すぎて今日もちゃんと応援入れてやるか』

俺が絶望する中、応援するコメントが流れ、どんどん応援数が増えていく。

けれどこれで配信終わりの二時間が経過するので、今日の配信はこれでおしまいだ。

◆

数日後。

今日も今日とてガチャを引くためにダンジョンにやってきた。

いつもの配信を開始して、ダークラビットを倒し始める。

どれくらい経《た》っただろうか。数十体倒した頃、後ろから物音が聞こえてきた。ここで人と鉢《はち》合《あ》わせするのは珍《めずら》しい。

配信中ではあるが、コウモリ型ドローンが高性能のため、俺が事前に登録した人、もしくは配信者で公開可に設定した人以外は、全員がモザイク処理される。

足音が近づいてきて、四人が歩いてくるのが目に入った。

装備からして高レベルの探索者のようで、どの武具もとても高級品に見える。

「ん？　配信探索者か。こんな初層に？」

金髪のチャラい男が俺を指差して声を出した。

『こんな初層でしか狩れないんですぅ～ｗｗ』

横に流れるコメントを見た男が「ぷふっ！」と俺を指差して笑い始める。

その時、彼らの中に――――懐《なつ》かしい顔を見かけた。

最後列にいる綺麗《きれい》な金色の髪、端麗な容姿の女性で、名前は如月志保《きさらぎしほ》さん。高校生時代クラスメイトだった人だ。

ものすごい美少女だけど変人として有名で、クラスの中でも浮いており、彼女が友人と一緒にいるところを一度も見たことがない。とはいっても俺も関《かか》わってないからよくわからない。

いつも眠そうにしていたし、人は無視するし、可愛い見た目なのにいつも目の下にクマができていた。夜遊びしているとクラス中で噂《うわさ》が流れていたっけ。

「こんな雑魚《ざこ》に銭投げるやつとかいんの？」

男はまるで見せ物を見る目で、コメントと一緒に冷たい言葉を放つ。

いつかこういう日がくると覚悟はしていた。でも配信探索者になって一年間で初めてのことに、頭が真っ白になる。

『あんな陽《よう》キャに負けるなｗｗ』

『童〇～頑張れ～』

『早く去ってほしいよな～』

男が歩みを止めているので、他のメンバーも俺を見つめる。もちろん、彼女も。

「おい、そろそろ行くぞ。あまり他人に迷惑をかけるな」

「へいへい～さあ、行こう。志保姫～」

「…………」

彼らが遠ざかっていく中、彼女だけがその場に残り、俺をじっと見つめる。

もしかして俺のこと、覚えてくれているのか？

そして彼女は俺に一言だけ言い放った。

「変態」

そして、その場から足早に去っていった。

『変態って言われたｗｗ』

『童○が変態なわけないだろｗｗ』

『変態は草ｗｗｗ』

へ、変態⁉　俺が⁉

おかげでコメントでも『変態』だの『童○』だの『底辺探索者』だのと弄《もてあそ》ばれ続けた。

モヤモヤしながらも本日最後の百匹目のダークラビットを倒して魔石をポイントに変える。

ガチャ画面に切り替わり、もう何度目かもわからない《1連を回す》のボタンを押した。

いつもなら演出を考えてわざと引っ張るのだけど、今日は早く家に帰って休みたい。いくら底辺配信探索者だとしても、あんなに笑われたら精神的にくるものがある。

『今日も外れろ〜』

『どうせ今日も黒だろ〜』

ああ……どうせ今日も黒だよ。

現れたガチャ筐体のハンドルに触れた。

ボーっとガラガラと回る音を聞きながら、カプセルが落ちるであろう地面を見つめる。

『あれ？　いつもと逆に回ってない？』

コメントに気づいて見上げた時には既《すで》にハンドルが回り切っていた。

そして、ガチャ筐体の口が開いて、いつもと違うカプセルが一つ出てきた。

『虹色《にじいろ》カプセルキタァァァァ！』

『まじかよ！　黒以外出るのかよ～！』

『うわあああああああああああ』

『は？』

『つまんね～当たり引くんじゃねぇよ』

『今日は応援なしだな。メシマズメシマズ』

　いつも地面に落ちる黒いカプセルと違い、何故《なぜ》か宙に浮いた虹色に輝くカプセルと俺の視界を埋め尽くすコメントの嵐。

「は？」

　目の前で虹色に輝くカプセルを見つめ、それが何か理解するのに数十秒もかかった。

　それにしても口から「は？」しか出ないとは…………いや、人間って驚いた時って本当に何の言葉も出ないいんだなと改めて知った。

　その時、ちらっと見た画面には《視聴者数：152》と、一気に150人を超えていた。

『はよう開けろ～！』

『虹色ってすげぇ演出だな～めちゃ光ってるし！』

『どんなものが出るのかくっそ楽しみなんだが！』

　本来ならこういう時こそ、応援を頼むべきなんだろうけど、俺の頭の中には妹を治す薬が出るかもしれないという期待で頭がいっぱいになり、すぐに宙に浮いた虹色のカプセルに触れた。

虹色カプセルは眩《まばゆ》い光を放ち始める。

『眩《まぶ》しいなおい』

『演出凝《こ》り過ぎ』

『神ってどうして光るものが好きなんだろうな？』

お前ら、意外と冷静だな!?

おかげで少し緊張がほぐれて、光が止《や》むのを待つ。眩しい光を発していたカプセルが、どんどん光を弱めていく。そして、現れたのは――

「黒い……塊《かたまり》？」

『変な玉来たあああ〜！』

『黒玉？』

『この前ゴ○が出て、今度は金○ってか？』

『金じゃなくて黒な』

「○玉じゃねぇよ！　デカすぎだろ！」

『違いねぇｗｗｗ』

いや、今はそんなやり取りをしている場合ではない。

急いで現れた黒い塊に手を伸ばした。

触れた瞬間、世界が一瞬だけ止まり、塊から心臓の鼓動のような音が響く。

両手で黒い塊をゆっくりと持ち上げる。少し温かい。それに、ぷにぷにして柔らかい。

ゆっくり持ち上げたそれを顔の前に持ち上げた。

『一体なんだよそれ～』

「えっと……？　卵？　少し温かいや」

『黒い卵キタァァァ！』

『いや、来てないから』

じっと見つめていると、塊は想像とは裏腹《うらはら》に波のうねりのようなものが数回広がった。

そして、俺が見つめる方向に二つの――大きな目が現れた。

「ご主人しゃま……はろぉ…………」

「喋《しゃべ》ったあああ!?」

『喋ったキタァァァ！』

『喋る金〇来たあああ！』

『いやいや、黒〇だろ。てかそれなに？』

『未確認生命体か～？』

「わたし……ぶらっくすらいむ…………」

「ブラックスライム？　魔物か!?」

「ちがう……従魔だよぉ…………」

少し気怠《けだる》そうな甲高《かんだか》い声は、オスかメスかというならメスだ。

「魔物じゃなくて従魔？　従魔ってなんだ？」

『おお～従魔か！　ガチャって従魔が出るんだな～すげぇ～！』

『もしかしてエム氏って従魔と会話してるのか～いいなぁ』

『エム氏。帰ったらテイマーと従魔でググっとけ』

「ググっ……わかったよ。ちゃんと検索して色々調べておくよ」

『今日はいいもん見れたわ～じゃあな～でも応援はなしな』

くっ…………こいつら、人の不幸には同情してくれるくせに、URを引いたらすぐにこれだ。

もしかしたら応援ポイント１００を突破するかもしれないと思ったのに、32だった。

でもこんな俺を32も応援してくれるリスナーがいて十分幸せだ。0よりはずっといい。

《時間になりましたので、配信は終了となります。お疲れさまでした。コネクト運営より》

配信終了の画面を確認して、俺は足早に家に帰った。


テーブルの上にブラックスライムを載《の》せて眺める。

はあ……欲を言えば、妹の病気を治せる薬だと良かったんだけどな…………。

まずわかったことは二つ。

一つ目は自分から全く動こうとしないこと。二つ目はガチャ袋に入らないこと。

重さは飲み物が入った缶ジュースくらいの重さなので、見た目よりずっと軽い。持ち運んでも苦にはならない。

「ご主人しゃま……ねみゅぃ………」

ずっとこんな調子で動こうとしない。ずっと寝てる。

人差し指で突いてみると、ポヨンと弾《はず》み、押した場所から水面《みなも》のように波紋《はもん》が全身に広がる。柔らかくて癖《くせ》になる感触だ。

何度も押してみるが、一向に動こうとしない。

ひとまず、リスナーから言われた【テイマー】と【従魔】を検索してみる。

結果を要約すると、テイマーというのはギフトの一種で魔物をテイムして自分に従わせることができるギフトらしい。

従う魔物を従魔と呼び、主《あるじ》の命令を聞いて一緒に戦ってくれたりするらしい。ドッグトレーナーとドッグのような関係だと言えば、わかりやすいかもしれない。

「なあ、ブラックスライム」

「あぃ……」

「明日から一緒に戦ってくれるか？」

「え……やぁ………」

「戦ってくれないのかよ！」

「うぅ……動くの……めんどい……めんどい…………」

め、めんどい……なんて怠惰《たいだ》なスライムなんだ。

そもそも従魔ってテイマーの命令を忠実に聞くって書かれていたんだけどな。

それにしてもまさかNばかり出ていたのに、ここでURを引くとは思わなんだ。

ガチャというものを詳《くわ》しく説明しておくと、種類は【UR】【SSR《スーパースペシャルレア》】【SR《スーパーレア》】【R《レア》】【N】の計五つ。

確率は、URが0・01％、SSRが0・1％、SRが0・1％、Rが1％、Nが98・79％だ。

まさか一年以上Nばかりを引き続けて、ここで一気に飛び級してURを引くとは…………。

これでブラックスライムが一緒に戦ってくれるなら、毎日ガチャを二回は引けるかも。

そんなワクワクした気持ちで、その日は疲れもあり泥《どろ》のように眠った。

◆

次の日。配信時間となった。

『おお～ブラックスライムが馴染《なじ》んで…………はないかw』

すぐにコメントが流れる。

その通り、ブラックスライムは現在俺の頭の上に乗っている。とことん動きたくないようで、頭にくっついて離れない。頭を激しく振っても落ちない安心仕様《しよう》だ。

って！　落ちないとかじゃなくて戦いに参加しろよ！

「ご主人しゃま……がんば…………」

「応援じゃなくて体を動かせ！」

「重いもん……」

「全然重くないだろ！　むしろ軽いくらいだよ！」

『まさか従魔に戦いを断られるやつ？』

『てか従魔が命令聞かないってウケるんだけどｗｗ』

『せっかくのＵＲがある意味ハズレで笑ったｗ』

一番言われたくなかったコメントが…………。

ひとまず狩りに集中する。今日もガチャを引かないといけないからな。

何十匹かダークラビットを倒した頃、いつもよりも体がすごく重い気がする。

頭の上にブラックスライムを乗せているからか？

『今日はヘタレてるな～』

ううっ……リスナーにわかるくらいヘタレてるんだな。

その時、飛んできたダークラビットを避けようとして、足がもつれて躓《つまず》いてしまった。

「しまった……！」

ダークラビットは鋭い牙を持ち、嚙《か》まれれば大怪我《けが》をする。

うつ伏せに倒れてしまって、視界からダークラビットが消えて地面しか見えない。

このままではダークラビットにかじられてしまう⁉

しかし、今までの溜《た》まった疲れからか、体をなかなか起こせない。

っ⁉　い、急げ………こんなところでケガしている場合じゃない！

体が言うことを聞かず、ただただこれから訪れるであろう痛みと、狩りを続けられない未来を想像して、色んな感情が溢れる。

次の瞬間――――俺の目の前にダークラビットが落ちてきた。

「えっ？」

間抜《まぬ》けな声を出したのは、落ちてきたダークラビットが普通の姿ではなかったから。その体の中心部には――――大きな穴が開いていた。

『ブラックスライムつえぇぇぇ！』

『正真正銘《しょうしんしょうめい》のURキタァァァァ！』

『今のピュンすげ！』

何が起きたかわからないが、コメントを読む限りではブラックスライムが何かしたのか？

「ブラックスライム……？」

「あい……ご主人しゃま……守るもん………」

助けてくれたのか……？　そもそもそれなら一緒に戦ってくれよって言葉が喉元《のどもと》まで上がってきたけど、言うのをやめた。

それにしてもどうしてこんなにも体が重いんだ？

立つことも厳しくて、その場に座り込んだ。

「体調管理ができなかったみたいだ……リスナーのみんな、すまん」

『いいって。そんな日もあるさ』

『無理すんなよ～ダンジョンで命を落とす探索者も多いからな』

『初心者ダンジョン一層で一年以上戦っていまさら死にかけるとか草ｗｗ』

心配してくれる人のコメントの方が多い。辛辣《しんらつ》なコメントは配信なのだから仕方ないが、それにも増して暖かいコメントがくるのは嬉《うれ》しくなるばかりだ。

頭の上に乗っていたブラックスライムを両手で大事に抱え下ろした。

「助けてくれてありがとうな。ブラックスライム」

「あい……」

『ブラックスライム凄《すご》かったぞ～黒い棘《とげ》みたいなの出してた』

コメントで状況を教えてくれると助かるな。

「なあ、ブラックスライム。その黒い棘っていうの見せてもらえるか？」

「あい……」

するとと、ブラックスライムの体から大きな棘が一瞬で生えた。

ものすごく鋭いうえ、それが伸びる速さはちょっとしたホラーだ。

『ダークラビットを貫《つらぬ》いたし、あれに刺されたら痛そうだな』

『怖《こえ》ぇぇぇぇぇ！』

棘が戻って元のスライムの姿になる。

今までガチャからNしか引いたことがないからわからないけど、URというくらいだから強い従魔なのかもしれない。

『エム氏。ブラックスライムは戦わないのか？』

「戦いたくないらしい。めんどくさいってさ」

『めんどくさいは草ｗｗ』

『さすがエム氏のガチャ産従魔だわｗ』

「どういう意味だよ！　くっ……」

『でも助けてくれるんだ？』

さっき助けてくれた時、ブラックスライムは俺を守ると言ってくれた。

「ブラックスライム。その棘を出すのは疲れないか？」

「うん……疲れないよぉ………」

「疲れないのか。それなら近づいてきた魔物をその棘で倒してもらえるか？」

「いいよぉ……」

「おお！」

『有効活用キタァァァァ！』

『それなら頭じゃなくて違う部位にくっつけた方がいいな』

それもそうだな。

ブラックスライムを胸にくっつけてみる。もちろんちゃんとくっついた。

『おっぱいかよｗｗ』

「なっ!?」

急いで剝《は》がして、今度は腹にくっつける。

『せっかくスリム体型なのに、なんか残念だなｗｗ』

『むしろ間抜けなエム氏なら丁度いいかも』

くっ……また剝がしてさらに下を見る。

『おい、そこはやめろｗｗｗｗ』

『ブラックスライムに敵だと思われて刺されるぞｗｗ』

『金玉と黒玉………』

『いや、逆に仲間だと思われるかもしれない』

「そこにするの………」

どうやらブラックスライムも俺の視線に感づいたらしい。

「くっ……どうすれば………」

その時、とあるコメントが目に入った。

『エム氏。それなら投げつけたらよくないか？』

えっ？　投げつける？

「なあ、ブラックスライム。君を投げるから攻撃してもらえるか？」

「投げ……るぅ……？」

「ああ。魔物に向かって投げるからさっきの棘みたいなので倒してほしいんだ」

「う〜ん……それならいいよぉ………」

「おっしゃ！　ありがとうよ！　これから投擲《とうてき》ブラックスライムでいくぜ！」

『神コメントキタァァァァ！』

『金〇投げ来た〜！』

『いや、黒だから！』

そろそろ立てるかな？

ゆっくりと立ち上がってみると、少し足がふらつくが何とか立ち上がれた。

ゆっくり歩き、遠くにダークラビットを見つけた。

「ブラックスライム……！　頼んだぞ！」

「あい……」

右手で握れるサイズのブラックスライムを、まだこちらに気づいていないダークラビットに向かって投げつけた。

綺麗《きれい》な弧《こ》を描いて飛んでいったブラックスライムは、ダークラビットに当たる前に全身から無数の棘を出してウニみたいな姿になった。

そのままダークラビットに直撃すると、一撃で倒せた。

「よっしゃ～！」

『～URは遠距離武器だった件。～』

『黒玉つえぇぇぇ！』

『ウニ爆弾だな！』

それからはブラックスライムを投げつけてダークラビットを倒した。

最後の百体目のダークラビットを倒して百個目の魔石がドロップする。

「な、なあ……ブラックスライム」

「うん……」

「せめてさ……普段は動かなくてもいいから、投げたら俺のところまで戻ってきてくれないか？」

「やぁ……動きたく……ないよぉ…………」

「はあ……」

大きな溜息《ためいき》を吐くと、コメントに『振られた男みたいだな〜w』『ざまぁ〜w』と流れる。

確かに振られた男みたいだな。言い得て妙《みょう》だ。

魔石よりも先に地面に落ちたブラックスライムを拾って頭の上に乗せる。

ブラックスライム曰《いわ》く、地面に落ちてもゴミは一切付着させないから綺麗らしい。

百個目の魔石を充填して今日のガチャを回す。

空中にガチャ筐体が現れて、ハンドルに触れると中から白いカプセルが落ちてきた。

『白キタァァァァ！』

『また当たり来たあああああ！』

『二連続当たり来たああああ！』

『一年間の努力がここで実るのか……素晴らしい！』

『今日も応援はなしだな』

「おい最後！」

カプセルに触れると中から――――空中に浮ぶＵ字枕が現れた。虹色の光の粒子がキラキラと光ってて、すごく神々《こうごう》しい。

「白色ってことは、Ｒだな。Ｒも初めてだが、一応１％だから当たりの中のハズレだな」

『ああ。1％だから一応ハズレか。それなら応援してやってもいいな』

『そもそもなんで枕？』

手に取る前に、枕の前に画面が現れる。

《安眠枕：この枕で寝ると絶大安眠効果をもたらす。一回使うと消える。》

「安眠枕といって一回しか使えないけど絶大安眠効果があるらしい。ハズレかな～」

『ハズレだなｗｗ乙《おつ》～！』

『今日もハズレキタァァァァ！』

『ハズレに戻っておめでとう～』

ちらっと見た画面の《視聴者数：１９２》に、一瞬心臓がきゅっと締まるくらい驚いた。

「えええええ⁉　リスナーが爆上がりしている⁉」

『おお～めちゃ増えてるな。おめでとうエム氏』

『やるやん。ハズレ引いたし、今日も面白《おもしろ》かったから応援しておくぜ』

このコメントを最後に配信が終わり、《応援：１０１》という数字を見て、両手を震わせた。

だがしかし、これはまだ始まったばかりだった。まさか………このあと、ブラックスライムと枕のせいであんな風になっていくとは、俺は思いもしなかった。

二章　金髪残念美女

　個人用病室は鍵《かぎ》がかけられていて、専属看護師たちか俺しか鍵を持っていない。少し値段が高いが、セキュリティの高い部屋を借りている。

　万が一にも寝たきりの妹の身に危険が及ばないよう、常時監視のある部屋を選んだ。

「ただいま～奈々《なな》」

　返事は返ってこない。が、いつも妹の気持ちが伝わってくる。

　あれ？　なんか怒ってる？

「ど、どうしたんだ？　怒ってる気がするんだけど……なにか…………あっ⁉」

　その時、俺はとんでもないミスを犯していたことに気づいた。

「奈々！　ご、ごめん！　昨日は初めてＵＲ《ウルトラレア》を引いて、あたふたして来れなかったんだ！」

　妹が入院して一年。今まで一日も欠かすことなく面会に来ている。

「ほ、ほら！　この子は初めてのＵＲでな？　ブラックスライムっていうんだぞ」

　頭の上に乗っていたブラックスライムを妹の顔の横に置く。

「ご主人しゃま……？」

「紹介するよ。妹の奈々だ。昨日病院に寄れなくてな。こうして謝っているところなんだ」

「…………妹さん……寝てる……」

「ダンジョンができてから寝込んでしまってな。でもちゃんと起きているし、感情も伝わってくるんだ」

手を伸ばして妹の頬《ほお》を撫《な》でてあげると、気持ちよさそうな感情が伝わってくる。

「奈々。もう少し待ってな。今回ＵＲで従魔を引けたように、奈々の病気を治してくれる薬も必ず引くからな？」

愛《いと》おしい妹の頬を撫でて、一度トイレに行くために部屋を出る。

トイレを済ませて病室に向かう間に、いつも世話になっている看護師さんが優しい笑顔を浮かべて手を振ってくれた。

「陸《りく》くん。どこかケガはしてない？」

「えっ？　いえ。昨日はちょっとイレギュラーなことがあって来れませんでした」

「そっか……妹さんにもちゃんと顔を出してあげてね？」

「もちろんです。ちゃんと謝ってきました」

この看護師さんはいつも俺を心配してくれる。たしか名を綾瀬《あやせ》さんというはずだ。

「妹さんのことは私たちに任せて頑張ってね！　応援してるから！」

「ありがとうございます。皆さんのおかげで俺も頑張れます」

軽く会釈《えしゃく》して病室に向かう。

一年前にようやく探索者になることができた。

両親が亡くなって妹が病気になって、俺たちを助けてくれる人は誰一人いなくて、毎日一人寂《さび》しく家で眠らせておくのが兄としても辛《つら》かった。

こうして病院に入院することができたのは、看護師さんたちの優しさのおかげだ。

できれば妹にはこのまま平穏《へいおん》に過ごしてほしいものだ。俺がURで薬を引くその日まで。

「ただいま～」

病室に入ると、妹の横に置いたブラックスライムが、触手《しょくしゅ》を手のように一本伸ばして妹のおでこに触れていた。

「ん？　ブラックスライム？　何をしているんだ？」

俺の問いに顔をこちらに向けるブラックスライム。

そして――――少し気怠《けだる》そうではあるが、いつもとは違う口調で話し始めた。

「……………おかえりぃ」

「ただいま？　なんか口調変わってないか？」

すると、ブラックスライムはとんでもない言葉を発した。

「おかえり……お兄ちゃん………」

「っ!?　――――奈々!?　ど、どういうことだ！」

「リンちゃんが……声……届けてくれるって…………ごめんね……リンちゃん………」

「!?　リンちゃん？」

「この子の……名前…………私が勝手に……ごめんね……お兄ちゃん……」

　声はブラックスライムの気怠そうな声のままだ。でも雰囲気がまるで違う。言葉つきも何かあるとすぐに謝る癖《くせ》も奈々そっくりだ。

「お兄ちゃん……久しぶりに……話せたね…………」

　ああ……やっぱり……そこにいるんだな。

「ああ……っ………」

「泣かないで……ごめんね……いつも……私のために…………」

　手を伸ばして奈々のおでこを優しく突《つつ》く。

「バカだな奈々は……俺が……そんなことで……迷惑でもなんでもねぇ……俺は奈々が生きてくれりゃ……それで十分だ。もうちょっとだけ待ってろ。絶対に薬引いて助けてやるからな」

「うん……ごめんね……」

「バカ。奈々に謝らせるために頑張ってるんじゃねぇ」

「ごめ…………ありがとう。お兄ちゃん」

「おう。俺は兄だからな。それはそうと、この子に名前を付けてくれたんだな？　ありがとうな。これからリンがいれば会話できるし、この子ものすごく強いから俺をちゃんと守ってくれるんだ。だから心配しないで待ってて」

「うん……リンちゃん……お兄ちゃんを……お願いね…………あぃ…………」

俺はブラックスライム――――いや、リンを優しく撫でてあげた。

気怠そうにしているリンから温かい気持ちが伝わってきた。

俺は九年ぶりに妹と会話を交わして、より一層、ガチャを引こうと決意を固めた。


次の日。

今日もガチャと配信のためにいつも通っている漆黒《しっこく》ダンジョンの入口にやってきた。

ダンジョンというのは日本中に無数に現れ、今ではダンジョンを中心に町が栄えたりするのだが、数が多くて中には廃《すた》れてしまうダンジョンもある。

その代表格なのが、漆黒ダンジョン《ここだ》。

一層のダークラビットは弱いと有名で、獲得《かくとく》経験値も少なく、わざわざ効率の悪い場所に来る探索者はいないからだ。それに他にも理由があったりするが、それはまた今度。

「さて、リン。今日からよろしく頼む」

「あい……」

俺は新たな希望を抱いて一層に入る。

相変わらず誰もいなくて、ダークラビットの姿だけが見える。

予約時間になり、配信が始まった。

『投擲《とうてき》マスター頑張れ～！』

『今日はどんなハズレを引くのか楽しみだぜ～』

『新しい武器を手に入れたんだから、今日こそ2連引けるの期待☆』

今日は始まってすぐに期待に溢《あふ》れるコメントが多いな。

今までの狩りはダークラビットと対峙《たいじ》して精神的にも肉体的にも疲れてしまい、一日百体倒すので限界だった。

でも今はリンがいる！

「行け！　リン！」

ダークラビットに向かってリンを投げると、ウニのように棘《とげ》を出して倒してくれた。

『ブラックスライムつえ～！』

『ブラックスライムに名前付けたん？』

「そういや紹介がまだだったな――」

俺は投げたリンを拾い上げ両手に抱えてカメラに向ける。そして――跪《ひざまず》いた。

「こちらは『リン様』である～！」

『いや、さっき思いっきり、行け！　リン！　って言ってたよな』

『リン様☆彡　リン様☆彡』

『リン様可愛《かわい》すぎ～！　ぽよんぽよんして柔らかそうだな』

『感触はおっ○いみたいなもんか？』

「知るか！　触ったことないわ！」

『童○告白キタァァァ！』

「それより、今日も頑張って魔石を集めるぜ。そういや、昨日お前らがくれた応援ポイントがついに一日で百を超えたぜ。ありがとうよ！」

『おうおう。ハズレ引いたら応援考えてやる～』

「当たり引いても応援してくれよ！」

『メシマズ撲滅《ぼくめつ》～メシウマ配信はよう～』

くっ……どいつもこいつも…………。

それはともかく、配信時間がもったいないので、リンと共に狩りを続ける。

数十匹倒しても全然疲れないし、時間はずっと短縮できてる。

その時だった。とある影が俺の前を塞《ふさ》いだ。

『『『美少女キタァァァ！』』』

と凄《すさ》まじい数の弾幕コメントが流れる。

俺の前を塞いだのは――――他でもない高校の同級生だった如月志保さんだった。

相変わらず目の下のクマが凄《すご》いし、赤く充血した両目がめちゃくちゃ怖い。

『いや、目の下のクマすげぇな～』

『金髪美女だと思ったら魔女か？』

『魔女にしては可愛すぎるだろ』

『ふっ。童〇は女なら全員可愛いとか言うんだろ？』

『何を!?　普通に可愛いじゃねぇか！』

なんかコメントで喧嘩《けんか》が始まったぞ？　そんなことよりも今は目の前の彼女だ。

「えっと、久しぶり？　今日は俺に何か用か？」

彼女はふらふらした足つきでゆっくりと俺に近づいてくる。

怖っ!?　めちゃくちゃ怖いぞ!?

「エムくん……久しぶり……」

「ひい!?　お、おう！　えっと、なんて呼べばいいんだ？」

実は探索者になると実名は出さない。全員がペンネームを登録してそれを名乗る。俺が【エム】と名乗っているように。

「シホヒメだよ……」

うわぁ……自分で姫って言っちゃったよ……。

「気づいたらこんな名前にされたけど、そんなことどうでもいい………ねえ、エムくん」

「お、おう……どうしたんだシホヒメ？」

『シホヒメ様～！　ファンになりました!!』

『金髪残念美女降臨《こうりん》☆彡』

残念美女と言うな！

次の瞬間、彼女は目にも留まらぬ速さで――

「お願い！　私にあれを譲《ゆず》って！」

「う、うわあああ!?」

土下座《どげざ》する勢いで飛んできた彼女は俺のズボンを摑《つか》み、凄まじい目力《めぢから》で見上げながら何かを嘆願《たんがん》してきた。

「あれってなんだよ!?」

「お願い！　私にはあれが必要なの！」

『あれってもしかして……』

『ざわ……ざわ……』

「お、おい！　紛《まぎ》らわしい言い方すんな！　そもそも俺とお前には何の関係もないだろ！」

「酷《ひど》いっ！　私……あれのためなら何でもするわ！　体が欲しいなら体で支払ってもいい！

お願い！　あれを私に譲って！　お願いいいいいいい！」

『体!?　!?』

『童〇くん遂《つい》に卒業か⁉』

「や、やめろおおお！　あれが何かもわからないし、体もいらねえええええ！　俺はガチャを回さないといけないんだから邪魔すんなあああ‼」

「お願いいいいい！　あれを！　あれをぉおおお！」

「怖《こえ》えええええ！　一体あれってなんだよ！　あれが何かわからないか――――」

その時、頭の上に乗っていたリンが飛び降りて、シホヒメの頭に直撃し――――ダンジョン内に鈍《にぶ》い音を響かせた。

『うわぁ……痛そう………』

『人の頭ってあんな音するんだな……』

『シホヒメが可哀想《かわいそう》すぎる……エム氏……なんて罪深い男……』

「ちげぇよ！　そもそもあれってなんだよあれって！」

リンの頭突《ずつ》き（？）によって、その場で気絶したシホヒメをどうすることもできず、リンをその場に護衛《ごえい》として残して、俺はまたダークラビットの狩りに出た。

こんなことで狩りを邪魔されてたまるか……！

『女子を放置していくなんて悪魔か！』

『いや、むしろ襲《おそ》わないんだから紳士じゃねぇ？』

『エム氏が襲えるはずもないし、そもそもいま配信中だし』

『そういや配信中だったな。毎日見てるから忘れていたわ』

配信中を忘れるなよ!?

「俺はガチャを引かなきゃいけないんだ！　だから今日もガチャのために魔物を倒す！」

『ガチャ廃人乙《おつ》～☆』

『それでこそ我らのエム氏だぞ～』

コメントに煽《あお》られながら、残り数十匹を何とか倒してリンのところに戻った。

どうやら誰も通りかからなかったようで、シホヒメはまだ倒れたままだ。

配信が終わる直前だったので、急いでガチャを引く。

「ちくしょ！　出るならセットで出ろよ！」

目の前に現れた片スリッパを投げつけた。

『今日もハズレ乙～』

『彼女に変なことするなよ～』

『おい。おっ○いとか触るんじゃないぞ?』

お前ら……俺にそんなことできるはずないじゃん。

そして、配信が終わった。

前回は偶然にも応援が百を超えたけど、今日は四十だ。

まぁ毎日もらえるほど配信は生易《なまやさ》しいものではないし、彼らだって投げ銭なんだから限界があるだろう。

それよりもいまは……この女《シホヒメ》をどうしたらいいものか………。

気持ちよさそうに気絶しているシホヒメをどうするべきか悩むが、放置するわけにもいかず、家に連れていくことにした。しかもおかげでまた奈々に会いにいけない。

まだ時間はあるからシホヒメが目を覚ましたら向かえばいいか。

家に連れて帰って、布団《ふとん》の上に横たわらせた。

それにしても、こうして間近に見ると美女なのは間違いないな。整った顔、綺麗《きれい》でサラサラした髪、ほどよい肉付きの体形。

勘違《かんちが》いされないように言っておくと決して触りたくて触ったんじゃない！　ここまで運んでくるために仕方がなかったんだ！

………はあ。最近配信慣れしすぎて、俺は誰に向かって言い訳をしているんだ。

その時、体がビクッと波打った彼女は、まるで機械のようにガクガクと起き上がる。

「よ、よお……頭は痛くないか？」

「ここは………っ!?　エムく――」

「待った。落ち着け。まずちゃんと話せ。じゃないと叩《たた》き出す。警察呼ぶからな」

どちらかというと、警察呼んだら俺が捕まりそうだが。

「………ごめんなさい」

「まず、事情を話してくれ。あれを譲ってくれって、一体あれってなんだ？」

改めて尋《たず》ねると、彼女の目が大きく見開かれる――いや、だから、それ怖いって。

「落ち着け。ゆっくり話してくれていいから」

「う、うん……ごめんなさい……」

ガチャ袋からリンゴジュースを取り出して彼女の前に出す。

俺もオレンジジュースを取り出して、先に飲んで安全であることを伝える。

彼女も手を伸ばしてリンゴジュースをひと口飲んだ。

「実は………ずっと昔から不眠症だったの」

「不眠症？」

彼女はコクリと首を縦《たて》に振る。

「ダンジョンが現れてからずっと不眠症で全然眠れないの。さっき見ていてわかったと思うけど、寝ていてもすぐに全身がロボットみたいに起き上がってしまって、いつも起こされてしまうの。だから熟睡なんてしたのはもう何年も前になるわね………」

ふと、奈々の眠っている姿と彼女が被《かぶ》って見えた。

奈々もダンジョンが生まれた日からああなってしまった。彼女も妹同様、被害者の一人だったんだ。

「じゃあ、学校でずっとボーっとしていたのは……」

「うん。ずっと寝不足で、周りが何を言っているのかよくわからなかった。そんな中、とある人にダンジョンに潜れば呪《のろ》いを解く装備品が手に入るかもと言われて、それで探索者になって頑張ってきたんだ。でも全然見つからなくて…………そこでエムくんの配信をずっと見ていたんだ」

「え!?　俺の!?」

「説明欄《らん》にスキル【ガチャ】を使いますって…………もしかしたらエムくんがいつか呪いを解く装備品を引かないか、ずっと――――」

彼女の口角がにやりと上がる。

「――――見張ってたの」

怖い怖い怖い！　目がマジなんだよな!?

「それでね！　昨日引いた枕には絶大安眠効果があるって言ったよね！　もしかしたらそれで私は救われるかもしれないの！　だからお願い！　何でもするから、それを私に使わせてほしいの！　私は貴方《あなた》のが欲しいの！」

「最後、紛らわしい言い方すんな！　それならそうとちゃんと言えよな。別に俺にとってはハズレだからいいよ。それに、もしかしてずっと俺を応援してくれてたんじゃないのか？」

「大した額じゃないけど、諦《あきら》めずにガチャを引いてほしかったから」

まさか応援してくれる人に直接出会えるとはな。

ふと思い出した、『がんば』ってコメントと共に一番初めにもらった応援……まさかね。

配信探索者の中には顔を出さない人もいるけど、俺はあまり気にしていない。こっちの方が親近感も湧《わ》くと思ったからだ。

しかし無数にあるダンジョンで、俺をピンポイントで見つけられたのは逆に凄い。

「枕はやるが、一回しか使えない使い捨てタイプだからな?」

「うん！　うん！　それでもいいです！　はい！」

可愛い顔が台無しだよ……残念美女と言われても仕方ないなほんと。

ガチャ袋から枕を取り出す。すぐに彼女の充血した目が見開かれた。

「これあげるからもう帰れよ。俺は妹に――って！　おい！　ここで寝――」

シホヒメは枕を受け取った瞬間に、その場で大の字になって枕に頭を付けた。

まさかの早業《はやわざ》。枕を床に置いて頭を付けるまでが流れ作業のように一秒もかからなかった。

その素速さから凄まじい執念を感じる。

まあ、数年も熟睡できなかったらこうなるか。それにしても眠っている姿は可愛すぎるくらいだ。

やっぱり人って目の印象って大きいよな。あの充血した目を見開いた時は怖かったのにな。

それはそうと……いつ起きるんだろう……?

ひとまず、気まずいのと妹にまた怒られてしまうから、彼女を眠らせたまま病院に向かった。

枕の効果はてきめんで、彼女は俺が病院から帰ってもずっと熟睡していた。

起きる気配がしなかったので、そのまま俺の布団の上に寝かせておいた。


次の日。

「おはよう～！」

「お、おう……どなた様でしょう？」

「やだな～私だよ？　シホヒメだよ？」

眩《まぶ》しい。輝いている。超美女。女優にでもなったらいいんじゃないかなと思えるくらい綺麗。

そこに追い打ちの満面の笑顔。

だが俺は知っている。彼女の見開いた充血した怖い目を。

「はあ……まあいいや。よく眠ったみたいでよかったな」

「もう何年ぶりなのかわからないくらい。本当に嬉《うれ》しい！　エムくん。ありがとうね！」

「おう。じゃあ、そろそろ帰ってくれるか？　今日も配信があるからな」

「えっ？　帰らないよ？」

「はあああ!?」

「だって私たちはもう同じ夜を一緒に過ごした仲だよ？」

「いやいやいやいや！　ま、待ってくれ。それには色々深い事情が」

「それともエムくんは一晩を同じ部屋で過ごした私を捨てるんだ？」

なぜ捨てるをそんなに強調する⁉

「そもそも何もしてないだろ！　お前はただ眠っていただけじゃん！」

「うふふ。もう私のことは、お・ま・えって呼んでいいから」

「しまった⁉　いつもの癖で……そうじゃねええ！　ひとまず――」

その時、隣の部屋から壁を強く叩く音が聞こえてくる。

くっ……うるさくして悪かった………安アパートだしな。

「はあ……あのな。俺はこれからガチャを引きに行かないといけないんだ。わかるか？」

「うんうん！　私のためにね！」

「…………はあ⁉」

「私……もう……貴方の虜《とりこ》なの」

なんでそんな紛らわしい言い方をするんだ！　と叫びそうになるのをぐっと我慢《がまん》する。また隣人に怒られてしまうからな。

もうなんかどうにでもなれと思いながら支度《したく》をして、いつものようにダンジョンに向かった。

当然、付き人ありで。

『美女キタァァァァ！』

『エム氏。今日から応援なしな』

「待ってくれ！　誤解だ！　俺とシホヒメは何もないから！」

「みなさん～初めまして～シホヒメです～エムくんの女です～」

「紛らわしい言い方すんなあああああ！」

『『『『ギルティ』』』』

今まで一番コメント多いなおい。しかも一体感。

ふと視聴者数の画面を覗《のぞ》くと、《視聴者数：２１７》と書かれていた。

うわあああ!?　えっ？　視聴者数が……バグってる？

『リン様キタァァァア！』

『リン様可愛すぎる～！』

『おい。奴隷《どれい》。今日もリン様のために頑張ってくれ』

誰が奴隷だ！

それにしてもリンの人気が凄まじいな。もしかしてリンを目当てに？

『ブラックスライムちゃん可愛い～！』

ん？　いつもとは違う雰囲気《ふんいき》のコメントが流れる。

『最近ＳＮＳで、すげぇ従魔だって噂《うわさ》が流れていたぞ～』

ああ、そういうことだったのか。それで興味を持つリスナーが増えてくれれば万々歳《ばんばんざい》だ。

「ひとまず、今日もガチャを引きに行くよ。シホヒメは気にしないでくれ」

「うふふ～冷たいエムくんも好き♡」

「なんで配信になるとそうなるんだよ！」

「えへへ～」

「褒《ほ》めてねぇよ！」

『美女と……野獣《やじゅう》？』

『どちらかというと、美女と盗賊だろ』

『美女と盗賊ｗｗｗ大草原すぎるｗｗｗ』

『なんかいつものエム氏らしいな。色気一つ感じない安心感ｗｗ』

本当にシホヒメとは何もないからな！　それでお前らが納得するならいいけどさ！

『それにしてもシホヒメって昨日と違って、今日はなんだかツヤツヤしてないか？』

「あら～昨晩は…………熱かったから」

『今すぐチャンネル登録を解消する』

「シホヒメとは本当に何もしてないから！　ちゃ、ちゃんと説明するから！」

せっかく配信が始まったのに、シホヒメのことで十分間も説明を行った。

『な～んだ～そんなことかよｗ』

『さすがエム氏！　まさか美女と二人っきりで手を出さないなんてｗ』

『意外と紳士じゃねぇか』

『いや、わからないだろ。手出してるかもしれないじゃん』

『え？　エム氏が手を出す？　ありえないだろう』

『そうそう。だって俺たち、一年以上Ｍ氏を見てきたんだぞ？』

『違いね～』

お前ら………貶《けな》されてる気もするが、凄く嬉しいぞ。Ｍ氏ではないがな。

「てなことだからな！　チャンネル登録解除すんなよ！　そもそも俺は女とかどうでもいいんだよ。ガチャを引きたいだけだ」

「え～シホヒメも？」

「おい、シホヒメ。このままだとガチャを回せなくて枕が出る確率が落ちるぞ？」

「それはいけない。さっさと行こう。リスナーたちも黙ってて」

切り替えはやっ！

ようやく狩りを始められた。シホヒメと共に。

彼女は魔法使いらしく、遠くから魔法で魔物を倒して魔石を大事そうに持ってきてくれた。

俺はダークラビットにリンを投げ込んで、いつものウニ爆弾作戦で倒していった。

どうやら新しく増えた視聴者は、リンの愛くるしい姿からウニ爆弾になるのを見るのが癖になったらしく、熱狂していた。

そんな中、不思議とシホヒメの人気はあまり高くない。まあ、元々俺のチャンネルなのだから当然だろうけどな。

笑顔で彼女が魔石を持ってくると、決まって『リア充爆発しろ』と弾幕が流れる。

その日はたっぷりと二時間近く狩りを行った。いつもなら魔石百個集めたら終わるが、今日はシホヒメとリンのおかげでいつもよりもたくさん集めることができた。

「今日は人生初の……一日3連が引ける……」

『『8888888』』

シホヒメもキラキラした視線でこちらを見守る。

「では1連目――――野菜ジュース……」

『野菜ジュース久しぶりじゃんw当たりおめでとう～』

確かに野菜ジュースは久しぶりだ。いつも果物のジュースとかだからな。

「2連目は――――サツマイモ一本かよ！」

蒸したら美味《うま》いけど、そうじゃない！

「3連目は――――白菜………」

白菜が現れた瞬間、見守っていたシホヒメがその場で崩《くず》れ落ちて絶望した表情を浮かべた。

『残念美女乙～！』

『明日に期待するよ～！』

『エム氏。頑張れ～！』

そうしてシホヒメとの初コラボ（？）の配信は終わりを迎えた。

「ねえ。エムくん」

「うん？」

「魔石さえあれば、ガチャを引いてくれるんでしょう？」

「お、おう。でも俺も体調とかあるから、狩りはここで終わりだがな」

「…………いつも何時に寝るの？」

「…………十時」

「わかった」

わかったじゃねえええええ！　めちゃ怖いんだけど⁉

シホヒメの怒りに染まった目から、恐怖を感じずにはいられなかった。


病室に着いてすぐに泣きつく。

「奈々ぁぁ、疲れたあああ」

「はいはい……よしよし…………」

リンが触手を二つ伸ばして、一つは妹のおでこに、もう一つは俺の頭を撫でてくれる。

ふわふわした感触が優しく感じられる。

「あいつ……めちゃくちゃ怖い表情でさあああ」

「あいあい……大変だったね………」

奈々の優しさに触れて癒《い》やされる。いや、感触はリンか。

しばらく奈々との時間を過ごして家に帰った。

時計が九時を回った頃、チャイムが勢いよく鳴った。

うわぁ……これ絶対にあの女だよな………。

急いで電気を消して、しばらく放置しているとチャイムが鳴らなくなった。

そもそもこんな夜中に来るなんて非常識にもほどがあるだろ！　明日にしてほしいものだ。

あわよくば、配信の種に………。

その時、ぞわっと殺気を感じる。

次の瞬間、ベランダからトントントンって扉を優しく叩く音が聞こえてきた。

ほ、ホラーかよ!?

恐る恐るカーテンを開くと、ベランダには予想通り満面の笑みを浮かべたシホヒメが、こちらを見つめていた。

「ひええええ!?」

「エムくん～ただいま～」

「ただいまじゃねぇだろ！　不法侵入だろ！　しかもここ三階だぞ!?」

「嫌だな～自分の家に帰って来ただけだよ？」

「どこが自分の家だ！」

そのままにしておくわけにもいかず、ベランダの扉を開いて彼女を中に入れる。

丁寧《ていねい》に靴を玄関口に置いてきたシホヒメは、すぐに袋を俺の前に差し出した。

「な、なあ、シホヒメ」

「うん？」

ずっと満面の笑顔のままでいる彼女が逆に怖い。

「一応念のために聞くけど、それを明日の配信で使ってもいいかな？」

「…………」

「わ、わかったよ。どれくらい取って来たんだよ――――ひええええ!?」

袋の中には魔石が大量に入っていた。

「こんなに集められるなんて凄いな……もしかして数百個はあるんじゃゃ？」

「どうだろう？　多分五百個はあるんじゃないかな？」

「この短時間で……さすが上位探索者……」

彼女が高い才能を持っているのは明白で、上位探索者と呼ばれる存在だろう。その理由は高い才能を持つ人は髪色が変わることがあるからだ。彼女は高校時代からずっと金髪だった。

「ひとまず、全部回していいのか？」

「お願いします。枕以外は全《すべ》ていらない」

「本当にいらないのか？　ＵＲでも？」

「熟睡できるもの以外は全部いらない」

「わかった。じゃあ――――入れる」

ガチャ画面を開いて、画面に向かって袋に入っている魔石を全部注ぎ込んだ。

《現在のガチャポイント：４》からどんどん数字が上がっていき、やがて７３９で止まった。

魔石７３５個も集めたのかよ……すげぇな。俺だったら一週間かかる量だな。

彼女は座布団《ざぶとん》の上に正座して、目を光らせて見つめていた。

「じゃ、じゃあ、回すからな？」

「お願いします！」

そして、人生初めて七回連続でガチャを引いた。

当然、Ｒ《レア》カプセルすら出ず、全部Ｎ《ノーマル》でハズレだった。

「わ、悪いな……」

「…………今から」

「ダメに決まってるだろ！　明日の配信のために俺は休む」

「じゃあ、私も一緒に寝る」

「やめろ！　また誤解されるぞ！」

「…………私とエムくんの関係でしょう？」

「まだ一日しか経《た》ってないがな」

「酷い……私はもうエムくんに夢中なのに……」

「ただのガチャ目当てだろ！」

「体でたくさん支払ったのに……」

「紛らわしい言い方すんな！　はあ…………ひとまず、俺はもう寝るから勝手にしろ。布団は渡さないから」

「…………」

部屋の電気を消して、布団の中に潜り込んだ。

…………。

…………。

…………。

「そんなに見つめられると寝れないんだけど」

「いいの。私はエムくんの寝顔を堪能《たんのう》するから」

「そういう問題じゃないし、お前はガチャが目当てなだけだろ。てか、安眠枕はないんだから家に帰れよ。明日も十時から配信やるから」

「………」

彼女は意外にも素直に部屋から出た。それを確認して、俺は眠りについた。

色々精神的に疲れすぎて、すぐに眠ってしまった。


次の日。

「うわああああああ!?」

「おはよう」

「な、何やってるんだ!?」

「うん？　エムくんが起きるまで待ってた？」

部屋からリビングに出た俺を待っていたのは、リビングの端っこで体育座りして目の下に黒いクマができたシホヒメだった。

「てか、なんで帰らないんだよ」

「いなくなったら困る」

「いなくならねぇよ！」

「………家に帰ってもどうせ寝れないから」

「っ………はあ……とりあえず飯《めし》食べたら向かうぞ」

「うん！」

寝れないって余程辛いのか、ただ安眠を求めているのか、はたまた両方かはわからないけど、被害者の一人として彼女を助けられるなら、力になりたい。

朝食を食べて、ダンジョンに着いて、配信前だけど狩りを始める。

彼女は倒しまくってくると言い残し、二層に向かった。

俺は一層で狩りを続ける。リンのおかげで魔物を倒すのに全然疲れない。

配信が始まるとすぐに『リン様』コールと、『残念美女』コールが流れる。

「シホヒメは二層で魔石を集めてくるって潜っていったぞ」

『昨日枕は出たのか？』

「いや、残念ながら出なかったぞ。７連じゃそう簡単には出ないいな」

『あのエム氏がガチャをたくさん引けるようになったんだな～』

『女の尻《しり》に敷かれるタイプやん』

『あれ？　その計算だと、昨日一日で10連引いたってこと？』

「ん？　そう言われてみれば、そうだな？」

『それまとめて引いたら《10＋１連》できるんじゃ？』

ガチャは、ガチャポイント１００で１連を回せるけど、魔石１０００ポイントで10＋１連が回せる。お得になっているのだ。

「……10連か。たしかに魅力的だな」

『エム氏。普通のガチャって、10連回したらボーナス1連はレアが出る仕組みとかあるぞ？』

「なにっ!?」

『ゲームならな～スキルは知らんが』

それは全くの初耳だ。

期待を胸にしばらく狩りを続けていると、シホヒメが満面の笑みで帰ってきた。

渡された魔石を全部入れてみると、俺の分と足して全部で４６９ポイントとなった。10連までは半分も届いていない。

「10連はひとまず置いといて、今日の配信では４連引くわ」

『ハズレ～ハズレ～』

『応援が欲しくないか？　ハズレはよう』

流れるコメントにシホヒメが睨《にら》みを利《き》かせる。

「安眠枕。それ以外はいらない」

『たった一日なのにまたクマできてるじゃん。シホヒメちゃん』

「だって、眠れないから」

『エム氏～頑張って彼女に安眠枕引いてやれよ～』

俺に言われてもガチャだからランダムなんだぞ。そもそもRなんて、一年のうちに一回しか出たことがないのに、次出るのって一体何カ月先だよ。

4連を回したが、相変わらず全部Nでハズレだった。

配信が終わり、がっかりするシホヒメにリスナーからの情報を伝える。

「シホヒメ。どうやらゲームでは10連を引くと付くボーナスの1連はRが確定で出る仕組みになっているらしい。明日試してみない？」

「っ!?」

「昨日今日でわかったと思うけど、このままではいつRが出るかわからない。でも、もしRが一つ確定なら枕の確率もぐっと上がると思うんだ」

「うんうん！　そうする！　明日10連を引けるように、今日も集めてくるね？」

「おう。渡した合鍵は失《な》くすなよ」

「あいっ！」

彼女には協力したいが、奈々のことが一番優先なので、俺はダンジョンを後にして今日も奈々とリンに癒やされた。


シホヒメが帰ってきたのは、俺が眠る寸前の時間だった。

どうして自分の家に帰らないのかはわからない。ご両親とか大丈夫なのか心配だが、一人暮らしかもしれないな。

「ただいま～」

「おかえり。随分《ずいぶん》と頑張ったみたいだな」

「今日もたくさん倒してきた。多分明日はもっと動きが鈍くなっちゃうから……」

眠れないってことは、十分回復もしなければ、精神的にも疲れてしまうのだろうな。

「お腹空《なかす》いた～」

「飯くらい食べてから来なよ……まぁガチャ産でよければ何か作ってあげるけど」

「お願いします」

「昨日も今日もガチャのハズレはもらってるしな。少し待ってて」

「それじゃ私は風呂に入ってくるね」

「おう――――って！　うちの風呂に入るのか!?」

「そうだよ？」

その時、隣の家から何かが倒れる大きな音が響いた。

会ったことはないけど、隣人さん大丈夫か？

「い、一応さ。男子がいる前で無防備に風呂に入っていいのか!?」

「ん？　エムくんの前なんだから何か問題あるの？」

「それって俺を褒めてるのか貶《けな》しているのかよくわからないぞ」

「そもそも襲うなら――――先日眠ってた時に襲っているだろうし、いまさらだよ～」

そう言われるとそうだけど……はあ、まあなるようになるか。

諦めて溜息《ためいき》をつきながらキッチンで夜食を作る。

最近はあまり料理をしなくなったけど、誰かのために料理するのは嫌いじゃない。

ガチャ産の食材や調味料は、ガチャ袋に入れておけば劣化することがないので、賞味期限とか心配しなくてもいいのが素晴らしい。

色んな野菜と肉を取り出して、炒《いた》め物を作ったり、パックご飯を温める。

風呂場からは水が流れる音が聞こえてきて、思わずドキッとしてしまった。

いくら残念美女とはいえ、美女であることは間違いない。まあ、あの見開いた充血した目は恐ろしいんだけど。

「シホヒメ～」

「あい～」

「料理はテーブルに置いておくから勝手に食べてくれ。あと部屋の中にシホヒメ用の布団も用意しておいたから。眠れないかもしれないが、キッチンでうずくまるなよ」

「ありがと～」

「じゃあ、俺は先に寝るから。おやすみ」

「おやすみ～」

俺はそのまま部屋に戻り眠りについた。

シホヒメに「おやすみ」って言うべきじゃなかったなと、少し後悔しながら考え事をしていたらすぐに眠ってしまった。


朝日に目を覚まして、布団から起き上がる。

「うわあああああ!?」

「おはよう……」

眠れないのはわかるけど、目の下のクマがより酷くなって、壊れかけの人形みたいなぎこちない笑みで俺を見るシホヒメが怖すぎる。

「お、おはよう……昨夜も眠れなかったんだな」

「うん。私、あの枕がないともうダメかもしれない」

「今日は10連を引いて予想通りにいけば、追加分はR確定かもしれないから」

「それだといいなぁ……」

数年間も眠れなくて、久しぶりに熟睡してからのまた不眠だから、よりしんどいのかもな。

早速《さっそく》ダンジョンに向かうために、簡単におにぎりを作って、それを食べてから部屋を出た。

少し歩いていると、正面から見知った顔の女性が俺たちに挨拶《あいさつ》をしてくれる。

「おはようございます。綾瀬さん」

「おはよう。陸《りく》くん。そ、そちらは彼女さん……かしら？」

「いえ?」

「私。エムくんの女です」

「おい! 紛らわしい言い方やめろって!」

「や、やっぱり彼女………り、陸くんだって男の子だもんね……うん……」

何故《なぜ》か肩を落とす綾瀬さん。

いつもは看護師の服装だけに、私服の彼女は少し新鮮だ。

「今日はお休みですか?」

「う、ううん。ちょっと忘れ物で家に戻ってるの。これから出勤するよ」

「そうですか。今日も妹をよろしくお願いします」

「うん。任せて!」

綾瀬さんと別れて俺たちはダンジョンに向かう。

「あの女は?」

「妹がいる病院の看護師さん」

「妹さんがいるの?」

「ああ」

「そっか……ガチャを引いている理由ってそれなんだ?」

何も言ってないのによくわかったな。

「だから正直にいえば、俺は枕よりも薬が出てほしい」

「それはダメ。でも薬も大事だから両方出そう」

「それはそうだな。まあ今日も頑張ろう」

そして、今日もダンジョンに辿《たど》り着いた。


配信が開始される。

『シホヒメの本領発揮《はっき》だなｗ』

『先日の美女は何処《どこ》へ～』

『シホヒメちゃん～今日も可愛いよ～！』

シホヒメもすっかりレギュラー出演だな。コメントも結構な数が届いている。

『リン様☆彡　リン様☆彡』

『リンちゃん頑張れ～』

『リン様。今日も奴隷をよろしくお願いします～！』

だから誰が奴隷だってての！

「今日は初めて10連を引くと思うので応援よろしく！」

『ハズレは引いてほしいが、ぜひR枠《わく》は枕よろ～』

「引けるなら枕は引いてあげたいが、まあそれは運だからな」

今日も二時間の配信の狩りが始まった。

リンを投げつけるのも様《さま》になってきて、しっかり魔物を狙《ねら》えるようになってきた。実は投げて当てられないと魔物と直接戦う羽目《はめ》になるから、常《つね》にコントロールを意識して投げている。

シホヒメは二層に向かわず、一緒に一層で狩りを続けている。どうやら眠くて魔石を拾うのもめんどくさいらしい。

リンを投げて魔物を倒しながら、シホヒメが倒した魔物の魔石も俺が回収して、どんどんガチャポイントを貯《た》めて、配信終了間際《まぎわ》についにポイントが1000を超えた。

『待ってました～！』

『初10連～！　枕以外はハズレでしょう～！』

さすがのリスナーでも眠れないシホヒメは可哀想《かわいそう》らしい。

「ではこれから10連を回すぞ！」

『『『8888』』』

拍手《はくしゅ》のコメントが大量に流れる。

《10＋1連を回す》

1連以外のボタンを初めて押す緊張感に胸が高鳴る。

ゆっくりと手を伸ばして、ボタンを押した。

いつも通りに目の高さにガチャ筐体《きょうたい》が現れる。

ただいつもと違い、筐体の色が、白くなっている。

『筐体の色が白だ！』

『Rって白じゃなかったっけ？　やっぱり10連ってR確定なんじゃね？』

触れたハンドルが右回転し、ガチャ筐体の口からカプセルが次々出てきた。

黒、黒、黒、黒………Nが十個落ちてくる。そして最後のボーナスの一つは――――狙い通り白いカプセルだった。

『白キタァァァ！』

『10連は白確定っぽいな！　もしかして100連はその上の確定だったりするのか？』

そういやポイントが高すぎて気にすらしなかったけど100連ボタンもあるんだったな。

それはともかく、今はハズレのカプセルよりも、最後に出てきた白色カプセルだ。

「枕……！　お願い！」

白いカプセルの前で両膝《ひざ》を地面について両手を合わせて祈るシホヒメ。顔が強張《こわば》っててめちゃ怖いけど、その姿に何故かほっこりする。

手を伸ばして白いカプセルに触れると――――空中に眩しく光り輝くU字枕が現れた。

「キタあああああああ!!」

『キタァァァァ！』

『ハズレの当たりきたかw』

『良かったなシホヒメ～ｗ』

枕が現れた瞬間、シホヒメが枕に向かって飛びついた。

あまりの一瞬の出来事に俺が反応できる暇《いとま》もなかったのだが、不思議なことにシホヒメは枕を貫通して抱きしめることもないまま地面に転がった。

へえ……ガチャ産の物って、俺が触る前には誰も触れられない仕組みだったんだな………初めて知った。

ムクっと起き上がったシホヒメは絶望に染まった表情だったが、枕を見るとまた幸せそうな笑みを浮かべてまた飛びついた。

『シホヒメが可哀想すぎるｗｗ』

『何やってんだ残念美女はｗｗ』

宙に浮いている枕に向かって飛びついて抱きしめようとするが、触れられずに通過してはそのまま地面に落ちる。

『痛そう……』

またムクっと起き上がり、枕に向かって飛びつこうとしたその時、俺の頭の上に乗っていたリンが飛んでシホヒメの頭に頭突き（？）をした。強烈な打撃音を響かせてその場に崩れるシホヒメと、その頭の上でドヤ顔するリン。

『リン様☆彡』の無数の弾幕が流れたのは言うまでもない。

ブラックスライムことリンにはいくつか特徴がある。

一番大きな特徴は、とにかく動かない。いや、動かないと言ってしまうのは少し語弊《ごへい》がある。

敵が近くにいたら攻撃してくれる。俺を守るために。

それは非常にありがたく、リンはその可愛らしい姿も相《あい》まって、リスナーにも人気だ。

でも、基本彼女は動かないので、投げて攻撃を行う必要がある。

魔物に命中したら、彼女を回収するついでに魔石も拾う。その度にリスナーから『奴隷頑張れよ～』とコメントが流れるが悪い気はしない。一応リンは俺の従魔だ。従魔のために主人が走り回る様《さま》はリスナーには面白《おもしろ》いらしい。

リンの二つ目の特徴は、触り心地がとてもいい。それに、たまに触手を伸ばして俺の頭を撫でてくれるリンの感触はとても柔らかくて優しい。

三つ目の特徴。リンは体を変形することができたり、自分が望む相手にくっつくことができる。例《たと》えば俺の頭の上に乗っている時も、しっかりくっついてどれだけ激しく頭を振っても落ちない。

ではリンは今、どこにいるかというと、俺の背中にくっついている。厳密には俺とシホヒメの間だ。おかげでシホヒメが俺の背中から転げ落ちずに済んでいる。

周りから少し怪《あや》しまれているけど、今回で二回目なのであまり気にせず、家に帰ってきた。

布団にシホヒメを投げ込み少し待つと、またロボットのように立ち上がる。

「――――エムくぅん？」

「落ち着け」

目の前にリンを差し出すと、シホヒメの表情が一気に強張る。

「シホヒメ。枕は欲しいか？」

「はいっ！」

正座したまま女児のように可愛らしく手を上げる。

「ではこれからこの布団に枕を置くから、そこで眠れよ？」

「あいっ！」

「じゃあ――――ほらっ」

シホヒメは声にならない声で何かを叫びながら枕に飛び込んだ。

はあ…………どうせ今回も明日まで起きないだろうから、このままにしておくか。

幸せそうに眠っているシホヒメを置いて家を出、病院に向かった。

病室に入ると、今日もベッドで眠っている妹の姿が見える。

「ただいま～奈々」

すぐにリンが跳《と》んで、びよーんと触手を伸ばして妹のおでこに触れる。

「おかえり……お兄ちゃん……」

これこそが俺が引いたURブラックスライムのリンの最後の特徴。念話とモノマネだ。

ちょっと気怠そうな声ではあるが、妹の喋《しゃべ》り方をよく真似《まね》ている。

そんなこんなで、俺は妹とリンと楽しい時間を過ごした。

◆

その日の夜。

配信者エムこと榊《さかき》陸の家では、静かに眠っている主《あるじ》と、いつの間にか仲間となったシホヒメこと如月《きさらぎ》志保《しほ》が眠っていた。

静まり返った家のリビングに忍び寄る影。

「……うふっ♡」

影は手を伸ばして開けた冷蔵庫の中から数少ない食料の中で、ソーセージだけを手に取った。

妖艶《ようえん》な口は、ソーセージを美味《おい》しそうに頬張《ほおば》る。

「ん……あぁ……美味しい………………」

まるで舐《な》めるかのようにソーセージを食した彼女は、全身を震わせる。

窓から入る月明かりに照らされながら巨大な影が揺れ動く。

彼女が歩く度に巨大な影はぼよんぼよんと音を立てる。

ソーセージを食べて満足したか、家の主が眠っている部屋に入っていく。扉は開けていないのに、彼女は部屋の中へと入っていった。

ゆっくりと歩いた彼女は眠っている榊陸の上に乗りかかる。が、まるで重さを感じさせないようで陸は目を覚まさずに眠り続けている。

「えへへ……」

彼女はゆっくりと触手を伸ばして陸の顔を触り続ける。

陸もそれが気持ちいいようで顔に柔らかな笑みが浮かんだ。

「…………♡」

彼女は気が済むまで陸の顔をベタベタと触り続けた。

◆

「ちくしょ！」

とある部屋でペットボトルを投げつけた男は、目の前の画面に激しい怒りを露《あらわ》にしていた。

「俺が狙っていた女なのに……クソがあああ！」

画面には一枚の画像が映し出されていた。

それは――――気絶してアへ顔のまま大の字で倒れているシホヒメと彼女の頭の上に乗ったブラックスライムの画像だった。

そのタイトルには『残念美女と動かない従魔ブラックスライム』と書かれていて、表示されている《いいね》の数が二千を超えていた。

「許せねぇ……俺が狙っていた女を横取りしやがって、覚悟しとけ! クソがあああぁ!」

大きな声で叫んだ彼の周囲の壁には、目の下にクマができているシホヒメの写真が無数に貼《は》られていた。

三章　彼女たちの事情

眠りから覚めると、リンが俺の胸で眠っていた。

いつも枕の隣で眠らせているのに、起きると胸にくっついている。もしかしてリンって寝相《ねぞう》悪いのか？

「おはよう～！」

「お、おはよう……」

安眠枕で眠ったおかげなのか、朝からシホヒメの笑顔にキラキラと光が見える。いや、まじで。

「よく眠ったみたいだな」

「うん！　これもエムくんのおかげだよ～」

「それならよかった。ひとまず、朝食にして配信の準備をするか」

「は～い」

一度くっつくと俺の力では剝《は》がせないリンは、もにょもにょと動いて俺の肩に移動する。

くっついてない時はペットボトルくらいの重さだけど、くっついている時はもっと軽く感じるので、たまにくっついていることを忘れてしまう。

トイレに行くときも忘れてしまうくらい。

一応思い出したときは剥がそうとはするけど、トイレにすらくっついてくる。いくら従魔とはいえ、女の子に見られながらするのは本当に嫌になる。まぁ多少慣れてきたけど。

朝食のために買っておいた食パンとソーセージを取り出そうとしたら、冷蔵庫に入れておいたソーセージが見当たらない。

「あれ？　ん～？　たしかソーセージを買っておいたんだけどな………」

「どうかしたの？」

「シホヒメ。もしかして、買っておいたソーセージ食べた？」

「私、ずっと寝てたよ？　それに人ん家《ち》の冷蔵庫は勝手に開けないよ？」

さも、私そんな非常識なことしませんよ？　と言わんばかりの表情だが、お前からそれを言われると色々複雑だわ。そもそも自分の家だとか言わなかったっけ？

仕方がないので、ガチャで手に入った肉をスライスして、ベーコンの代わりにして食べることにした。

軽めの朝食を食べてから、配信のためにリンとシホヒメと一緒にダンジョンに向かった。

『おお～シホヒメがキラキラしてる～！』
『シホヒメってちゃんと寝たら光り輝くんだな』
『めちゃ美女』
『だがしかし、普段は残念美女』
「残念美女じゃないよ～☆」
コメントに反応するシホヒメ。全身から光が漏《も》れ出ている。
『眩《まぶ》しい！』
『これが……エム氏の配信？』
『俺たちの暗いエム氏の配信が光の者にジャックされた！』
「俺は暗い配信者じゃねぇ！」
配信が始まってものすごく気になることがある。《視聴者数：581》と書かれた画面だ。
バグってはないはずで。昨日の二倍を超える数字だ。
人気を出すことが目的じゃないにしろ、緊張で手の震えが止まらない。
『それにしても今日はやけにリスナーが多いな』
『例の画像が広まってるみたいだぜ』
「ん？　例の画像？」
気になるコメントだ。

『シホヒメを倒したリン様の画像が流行《はや》ってるんだよ』

「へえーそんなことがあったんだな」

俺の知らないところでそんな画像が出回っているのか。まぁリスナーが増えてくれれば、そのぶん応援されやすいはずだし、気にしなくていいか。

「シホヒメ。今日はどうするんだ？」

「私は二層で狩ってくるよ～」

二層はダークウルフが出るはず。素早くて、魔法使いにとっては戦いにくいはずなのに一人で戦えるようで、彼女の実力の高さが窺《うかが》える。

「わかった。じゃあ、また後でな」

「あい～」

シホヒメが離れていく際、『いってらっしゃい～』というコメントもたくさん流れる。すっかりリスナーたちにも受け入れてもらえたようだ。

「リン。今日もよろしくな」

「あい……」

相変わらず今日も眠そうだな。ブラックスライムっていつも眠そうなのか？

ダークラビットを見つけていつも通りリンを投げつける。

『リン様☆彡　リン様☆彡』

いつものウニ爆弾となって一撃で倒す。

それにしても相変わらず動かねぇ……どの道、魔石拾いに行かなくちゃいけないが……。

そんなことを思いながら落ちた魔石を拾いに向かった時だった。岩の陰《かげ》から何かが俺に向かって飛びかかってきた。

「うわあっ⁉」

俺に目がけて飛んできたダークラビットが、空中で止まったかと思うとその場で消えた。

『危ねぇ！』

『リン様☆彡　リン様☆彡』

「えっ？」

思わず間抜《まぬ》けな声を出してしまったが、ダークラビットが消えた位置から遠く離れた場所に棘《とげ》を伸ばしたリンの姿が見えた。

「リン。助けてくれたのか。ありがとう」

急いで魔石を回収してリンのもとにやってきた。

「あいっ……」

感謝を込めてぽよんぽよんとした体を撫《な》でてあげる。

スライムの体はどこにでもくっつくのにベタベタしないのが不思議だ。むしろスベスベしてぷよんぷよんしてて気持ちいい。

『リン様ナイス～！』

『奴隷《どれい》。リン様に感謝を述べろ』

「はいはい。リン様、助けてくださり感謝申しあげます～！　ははっ～！」

両手でリンを持ち上げ配信カメラに向ける。

『『『リン様☆彡』』』

弾幕が流れ、応援数が増えていく。

動かないけど助けてくれるし、人気も出ているし、本当にリン様々だ。

「ん？　リン。その棘ってどれくらい伸びるんだ？」

「ん……向こうくらい？」

「ちょっと伸ばしてみてくれるか？」

「あい……」

次の瞬間、リンの体から棘が遠くの壁まで伸びて刺さる。軽く十メートルは伸びている。

『めちゃ伸びるな～』

『リン様最強～！』

『可愛《かわい》いのにこんな特技が!?』

「リン。すまんがこれからは俺の頭の上から直接、敵を狙《ねら》ってくれるか？」

「いいよ……」

「ありがとう。動くのは嫌だけど、棘はいいんだ？」

「うん……これは疲れない……」

「じゃなかったら投げられても棘を出さないしな」

新しい作戦が決まったので、リスナーにも報告だ。

「みんな！　これから投げなくても棘で倒してくれるらしい」

『よかったな。奴隷』

『全力で走り回れよ～奴隷～！』

「誰が奴隷だっ！」

言われなくても魔石のために走りまくりますよ！

今までとは違いダンジョンの中を速足で進む。さすがに走る体力はないから無理はしない。

歩いていると、頭の上から黒い棘が伸びて、視界に入るダークラビットを倒してくれる。

魔石を回収するために歩き回る。

なんと、岩の裏にいるダークラビットを、岩ごと貫《つらぬ》いて倒してくれる。

狩りを始めてから約二時間が過ぎ、シホヒメと合流してガチャの時間となった。

《ガチャポイント：1021》

『ギリギリだったな』

「シホヒメのおかげだけど、今日はリンの頑張りもあったな」

「リンちゃん。頑張ったね」

手を伸ばしたシホヒメが触れる直前、リンが棘を立ててその指を刺した。

「痛っ!?」

「シャー」

「リン!?」

『仲悪くて草ｗｗ』

『シホヒメが犬に嫌われたみたいで笑えるｗｗ』

二人って意外に仲悪いんだな？　そういや、前回は頭突《ずつ》き（？）をしてたし、リンが一方的に嫌ってるのかもな。

「シホヒメ大丈夫か？」

「え、えっと……あ……あんか…………」

何だかシホヒメの呂律《ろれつ》が回らない!?

「シホヒメ!?」

すると壊れたロボットみたいにシホヒメはカクカク動き始め、倒れそうになったので急いで受け止める。

「か、体が……じ、痺《しび》れ…………」

「シホヒメえええぇ！」

全身が固まって彼女は動けなくなった。

放送事故も放送事故である。

まさかの出来事に配信どころの騒ぎではなくなり、そのままリンには付着していてもらい、彼女をおぶって病院に向かった。


気絶しているシホヒメを運び込み、すぐに医師に診《み》てもらった。

「あ〜全身麻痺《まひ》ですね。このまま放置するか回復魔法で治すかですが、残念ながら当院に回復魔法使いはいませんので、待つしかないですね。それにしても相当強い麻痺毒ですね」

「麻痺毒……？」

「神経の麻痺毒で、全身麻痺を起こすんだ。しかも強力麻痺毒です。デッドホーネットにでも刺されたんですか？」

「い、いえ……」

うちのスライムです……なんて言えるはずもなく。

「このまま連れて帰ります」

「ゆっくりさせてあげるといいです。麻痺が解ける時、強烈に痛いですからね」

「痛いんだ……わかりました。注意しておきます」

せっかく病院に来たので帰らずに、妹の病室に向かう。

シホヒメは麻痺しているので、そこらへんに置いておいて奈々《なな》との時間を堪能《たんのう》する。

「お兄ちゃん……違う人の気配が……ある………」

ずっと眠っているからか、感覚が鋭くなっているみたいだ。

「ああ。以前話したパーティーメンバーなんだ。いまは…………………ちょっと眠いみたいで部屋の片隅《かたすみ》で寝てるよ」

「そう……なんだ………」

「それよりも具合はどうだ？」

「大丈夫……最近は……寂《さび》しくないから……楽しいよ？」

「そうか。偉いぞ〜」

両手を伸ばして奈々とリンの頭をわしゃわしゃと撫でてあげる。

今日も色んなことを話して、未《いま》だ全身麻痺で動けないシホヒメをまたおぶって家に向かった。

体重が軽いので全く疲れないのが救いだ。

「なあ、リン」

「あい……」

「あまりシホヒメをイジメないでな？　配信もあれだけど、魔石を集めてくれる仲間だから、助かってるんだ」

「………」

ちょっとだけ怒った気持ちが伝わってくる。

仲間とまでは言わなくていいから、少しは仲良くしてもらいたいものだ。

家に着いて、シホヒメを布団《ふとん》に寝かせる。

服装は至近距離《しきん》での戦いがないからか可愛らしい女子らしい服装だ。ふわふわした黒いスカートの中から綺麗《きれい》な脚《あし》が伸びている。

ちょっとドキッとしながら、コネクトをチェックする。

しばらく作業をして夕方になった頃、ようやくシホヒメが起き上がった。

「い、痛かった……」

「うちの従魔がごめんな」

「う、ううん。私も迂闊《うかつ》に触ろうとしたから」

俺はリンを手に持ってシホヒメに頭を下げる。

本人はあまり謝る気はないらしい。

「エムくん？　枕は出た？」

「あ～配信どころじゃなかったから、ガチャはまだ引いてないよ」

「じゃ、じゃあ！」

「そうだな。今日の分を引――――」

「シャー！」

リンがシホヒメの頭の上に飛んで行き、棘を出してシホヒメの目の前に見せつける。

「ひい!?」

「リン!?」

「ガチャ……配信で……引くの……リスナー……大事……奈々ちゃん……見てるから……」

「いやいや！　半分以上はシホヒメが集めてくれた魔石だから、彼女にも引く権利があるというか……」

「引いたら……刺す……」

「ひいいいいい、え、エムくん……助けて……」

「お、落ち着け。ガチャを引いたら刺すって言ってるんだ。す、すまん！　ガチャは配信の時だけだって……」

「い、いいよ！　うんうん。それで大丈夫です！　お願いします！」

あの麻痺毒が余程きつかったのか、あのガチャ中毒シホヒメがガチャを諦《あきら》めた。

「わ、わりぃ。今日はできる限り美味《おい》しいご飯を作るから！」

急いで厨房《ちゅうぼう》に向かって料理を作り始める。

一人暮らしが長かったのもあり、素材を無駄にしたくないのもあって料理はそれなりに上達している。

ガチャ袋の中から肉を取り出して細かく切っていく。フライパンにトマトジュースや調味料を加えて、肉のトマト煮込みを作る。

トマトは酸味があるけど、ジュースだと甘さが際立つし酸味もあまりないので料理に使うのはとてもいい。

念のため眠れないシホヒメが夜遅くにお腹《なか》が空《す》いたときのための分も作っておく。

少し遅い夕飯を食べてから俺は早めに寝た。

◆

深夜。家の主《あるじ》である陸《りく》は深く眠っていた。

一度横になったシホヒメだったが、例のごとく起き上がる。

仰向《あおむ》けになって静かに眠る陸の胸の上に黒い物体――――ブラックスライムが見えた。

一瞬、ドキッとしたシホヒメは逃げるように部屋からリビングに出た。

「はあ…………」

溜息《ためいき》を吐いたシホヒメは、定位置のキッチンの隅《すみ》で体育座りになる。思い出すのは今日体験した全身麻痺。ずっと意識はあって、麻痺が解けて起き上がる際の痛みはもう思い出したくなかった。シホヒメはもう二度とリンに逆《へだ》らわないと心の中で誓《ちか》った。

――――その時、リビングと部屋を隔てる扉の隙間《すきま》から黒い液体がリビングに流れてきた。

音もなくあまりにも自然に現れたそれに目を奪われる。

次の瞬間、溢《あふ》れ出た液体はそのままスライムの形になった。

「リ、リンちゃん?」

言葉は出さないが、凄《すさ》まじい迫力を放っているため、シホヒメは真っ青な表情のまま、正座してリンに向き合う。

「ひぃぃぃ……助けてぇ…………」

恐怖に支配されたシホヒメだったが、目の前でとんでもないことが起き始めた。

「えっ?」

「………うふっ♡」

シホヒメは自分の目を疑った。

◆

外が明るくなった頃に目が覚めた。

周りを見回すと、相変わらず胸の上にリンがいて、自分の布団の中からこちらを笑顔で見つめているシホヒメがいた。

眠れなくてまた目の下にクマができている。

「おはよう。シホヒメ」

「おはよう〜エムくん」

一日目なのでまだ余裕はありそうだ。

朝食の準備をする。昨晩用意しておいた夜食用の食事は全部食べていた。ちょっと多めに作ってあげたけど、全部食べたんだな？　普段はあまり食べないけど、夜はお腹が空くのか？

朝食を食べて今日も配信に向かった。


ダンジョンに着いて、頭の上のリンを撫でてあげる。

「リン。今日もよろしくな」

「あい……」

配信は事前に場所と時間を指定すると、配信カメラが自《みず》ら飛んでくる仕組みになっている。

十時丁度《ちょうど》に予定しているので、五分前に配信カメラがやってきた。

《アカウント名【エム】様。本日もコネクト配信を楽しんでください。》

配信カメラの前に表示された画面に手を触れる。感触はないけど、触れるだけで反応する。

配信五分前、残り五分と表示されて、一秒ずつ減っていく。

もう何度目か忘れるくらい繰り返し慣れたものだなと感慨《かんがい》深く思う。

「シホヒメ。今日も挨拶《あいさつ》したら二層に向かうのか？」

「うん!?　そ、そうだね！　そうしようかな～」

「わかった。今日は確実に10連引けるからな」

配信までの時間経過を眺《なが》めながら準備運動をして、残り時間が数秒と表記された時、ダンジョン奥から人影が現れた。

「おい、貴様あああ！」

「ん？」

急にこちらに向かって大声を上げる男。

金髪のチャラい雰囲気《ふんいき》の男は、眠れていないシホヒメみたいな凄まじい形相《ぎょうそう》だった。

どこかで見たことがあるような……？

《配信が開始されます。》

まさかのタイミングで配信が始まった。

「どなたでしょう？」

「なっ!?　お、俺を覚えていないだと!?」

「はい」

「く、クソがあああ！　貴様なんかにシホヒメを渡すものか！」

ん？　シホヒメ？　金髪男……？　どこかで…………？

「なあ、シホヒメ。知り合いか？」

一緒に並んでポカーンとしているシホヒメに聞いてみる。

「え？　――――知らない人だよ？」

「えええええ!?」

「彼、すごく驚いているぞ？　本当に知らない人か？」

シホヒメは何一つ迷いなく首を大きく縦《たて》に振った。

「お、おい、シホヒメ！　俺だ！　白騎士だ！」

シロキシ………。

『白騎士だってｗｗ中二病《ちゅうにびょう》かよｗｗ』

『急にシリアスが始まったから黙っていたのに名前に吹いたｗｗｗ』

『ワレ、ホワイトナイト』

『カタカナはやめてやれｗｗ可哀想《かわいそう》だろｗｗｗ』

リスナーたちは空気を読んでコメントを我慢《がまん》していたようだな。

「白騎士だって。わかる？」

「え～知らないよ～？　――――私のこと、あまり馴《な》れ馴《な》れしく呼ばないで！　私はエムくんの女なんだからっ！」

「おいやめろ！」

「な、なっ!?　俺もまだ抱けてないのに……き、貴様あああ！」

『シホヒメはエム氏のモノに夢中です〜☆』

『モノとはまた生々《なまなま》しいな〜』

怒りまくる金髪男が誰なのか思い出せそうで出せない。あと少しで思い出せそうな…………。

「シホヒメを返せえええええ！」

叫びながら剣を抜いて、俺に向けてくる。

「あのさ、ああ言ってるけど？」

するとシホヒメが俺の右腕に抱きついてきた。

「え〜エムくんの隣が私の帰る場所だよ？　キラーン☆」

ちょっとクマがあるけど、まだ二日目は輝いているな。

「お、おい！　腕に絡《から》むな！」

「え〜ちょっとくらい、いいじゃん」

『シホヒメのような美少女に言い寄られているのに、エム氏が一切羨《うらや》ましくないぞ？』

『エム氏クオリティだからな』

『残念美女☆彡　残念美女☆彡』

『リン様☆彡　みたいに言うなｗｗｗ』

また世界に新たな言葉が誕生したようだ。

コメントや俺たちを見た金髪男の顔が真っ赤に染まる。

「シホヒメは……俺がずっと面倒《めんどう》を見てきた存在なのに、それを横取りするなんて絶対許さあああん！　シホヒメを取り戻す！」

彼から刺すような殺気が放たれた。底辺探索者とはいえ、一年以上ダンジョンに通っているから感じられる。彼が相当強い探索者であると。

「っ!?」

ここまで嫌われることをしたつもりはないが、俺に対する凄まじい憎悪《ぞうお》を感じる。

とその時、一瞬で俺に向かって飛んできた男の速さに驚いてしまった。

少なくとも罪のないシホヒメを傷つけるわけにはいかない。

急いで彼女の手を引いて俺の後ろに隠した。

男の剣が俺を斬《き》りつける。

ズブシュッ――

「ズブシュッ？」

斬られると思って両手で顔を隠していたけど、痛みではなく何かが刺さる音が聞こえてきて、ゆっくりと目を開けた。

目の前に金髪男が立ったまま白目をむいていた。

よくよく見ると男の額《ひたい》の真ん中に、俺の頭の上から黒い棘が真っすぐ伸びている。

直後『リン様☆彡』のコメントの弾幕が溢れた。

あはは……リンのおかげでまた助かったな。

「ありがとうな。リン」

「あい……ご主人しゃま……守る……」

配信カメラの下に赤い枠《わく》の緊急画面が表示される。

《犯罪行為を確認しました。すぐに警察に通報しますので、安全を第一優先にダンジョンの入口に向かって避難してください。》

これはコネクトが犯罪を見つけた時に自動的に通報するシステムだ。

彼が俺に向かって剣を抜いた瞬間に通報されたはずだ。

全身麻痺で倒れた男を、リンに触手《しょくしゅ》で引きずらせてダンジョンの外に出た。

「犯罪行為により逮捕させて頂きます」

ダンジョンの入口付近で警察に容疑者を引き渡す。日本警察の行動の速さには感服ものだ。

容疑者のペンネームは白騎士。本名は知らない。それも警察に伝えた。

探索者による殺人未遂《みすい》罪は通常よりも遙《はる》かに重い。彼はこれから探索者のライセンスを破棄《はき》され懲役《ちょうえき》刑になるはずだ。

連れて行かれる金髪男をシホヒメと眺める。

「なあ、シホヒメ」

「うん？」

「あの人、誰だったんだ？」

「さあ～？　私も初めて見る人だよ？」

「でもシホヒメのことは知っていたみたいだったぞ？」

「う～ん。う～ん。私、エムくん以外の男には興味ないから」

お前もブレないな……。

そういや、何か大切なことを忘れているような…………？

「あっ!?」

「うん？」

「し、シホヒメ……すまん…………」

「どうしたの？」

「今日も配信でガチャを……」

「えっ!?」

「な、なあ、リン。今日くらい引いてあげてもいいんじゃないか？」

俺とシホヒメはリンに注目する。

「ダメ……」

ですよね～。

当然――――今日もシホヒメは眠れない。

帰る前、少し困ったような表情を浮かべたシホヒメが俺を呼ぶ。

「え、エムくん！」

「どうした？　シホヒメ」

「あ、あのね……夜食をもっと多めに作ってくれる？」

ん？　普段あまり食べないシホヒメにしては珍《めずら》しい頼みだな。

「わかった。何か食べたいものはあるか？」

「食べたいもの………あ！　ソーセージが食べたい！　いつもそのまま食べられるやつ！」

…………こいつ。俺が買っておいたソーセージをこっそり食べているな？

「シホヒメ……ちゃんと白状しろ。俺が買っておいたソーセージをいつも盗み食いしているのはお前だな？」

「違――――ひい!?　う、うん！　ご、ごめんなさい！」

「はあ……食べたかったら素直に言えな？　少なくとも毎日あれだけ魔石を集めてくれるシホヒメには感謝しているんだから、食事くらい任せてくれ」

「エムくん……」

何故《なぜ》か目を潤《うる》ませて嬉《うれ》しそうな笑みを浮かべる。

「あ！　エムくん。妹さんのところに行くんだよね？」

「そうだな。警察沙汰《ざた》になってしまったけど、この時間ならまだ間に合うから」

「じゃあ、私は狩りに行ってくるね？　また魔石集めておくよ」

「そうか。でも無理は禁物だからな？」

「うん！」

まだ二日目だからちゃんと歩けているので心配ないか。

シホヒメと別れて俺は病院に向かった。


奈々が待つ病室に向かい、今日の出来事を報告した。

「リンちゃん……ありがとう…………あい……」

自問自答しているようでリンが可愛い。

「リン。いつも助けてくれてありがとうな。いや～今日は本当にわけがわからなかった。それにしてもシホヒメの知り合いだったみたいだけど、一体誰だったんだ……？」

「お兄ちゃん……誰かに……恨《うら》まれないようにね……」

「恨まれるようなことをした覚えはないんだよな。何か逆恨みのようだったし、最近コメントも色々凄《すご》いしな。まあ、大丈夫だ。俺には――相棒《あいぼう》がいるから」

いつものようにリンを優しく撫でると、ぽよんぽよんした体が激しく揺れ動いた。

「うふふ……リンちゃん……喜んでる…………やぁ……言わないで…………」

一人二役コントみたいでこれはこれで面白《おもしろ》いな。それにしてもリンも照《て》れるんだな。

「さて、そろそろスーパーのタイムセールの時間だ。今日は帰るよ」

「うん……お兄ちゃん……無理しないでね……」

「おう」

リンと共に病室を後にして外に向かう間、見知った看護師さんが走ってきた。

「え――陸くん!?　大丈夫？」

「はい？　ええ。俺は何ともありませんよ？」

「そ、そうか……よかった……奈々ちゃんにあまり心配かけないようにね？」

「もちろんです。いつも奈々の世話をありがとうございます」

体は成長する上、汚れたりするから、いつも妹が綺麗《きれい》さを保っているのは看護師さんたちが頑張ってくれるおかげだ。

奈々曰《いわ》く、殆《ほとん》どの世話をこの看護師さん――綾瀬《あやせ》さんがしてくれてるらしく、また、他の看護師さんよりも熱心にやってくれるらしい。入院を提案してくれたのも彼女だったりする。

「私にできることはそれくらいだから……」

「それで十分です。綾瀬さんのおかげで頑張れます」

「うん……応援してるよ！」

「ありがとうございます！」

綾瀬さんに挨拶をして、シホヒメが欲しがっていたソーセージを買いにいく。

頭上に乗っているリンがまた少し激しい動きを見せる。

普段眠そうにじっとしているのに今日は珍しいな？

ソーセージ売場でいつものソーセージを取ろうとして、ふと隣にワンランク上のソーセージが目に入った。

ん～シホヒメが不憫《ふびん》だから、ここは一つワンランク上のソーセージにしてやるか。

――と思って手を伸ばしたら、リンが俺の顔を覆《おお》ってきた。

「リン!?」

「やぁ……右のがいい……」

「おいおい。ソーセージはお前のじゃなくてシホヒメのだぞ？」

「やぁ……やぁ……」

「今日は珍しくわがままだな。くう～剥《は》がれねぇ～！」

くっついたリンを剥がそうとしても、びよーんって伸びるけど剥がれない。

「はあ……わかったよ。リンはシホヒメのこととなると気が強くなるな。まあ、もう少しは仲良くしてあげなよ？」

「あい……」

リンがもにょもにょと頭の上に移動して視界がクリアになった。

心配そうに俺を見ている客が視界に入った。

「な、何でもありません！　すいません！」

ちょっと顔が熱くなるのを感じながら、いつものソーセージ四つ入りを二パック手に持って足早にその場を離れて会計を終わらせて家に帰った。


寝るまで時間があるから肉を焼いたり、ソーセージを焼いたりと時間をかけて料理をする。

意外だけど、ガチャハズレの野菜って、すごく美味しくて生《なま》でも食べられるんだけど、ここでもう一工夫するとさらに美味しい。それが同じくハズレ品の一つである、ふりかけ。それをドレッシング代わりにかけると一層美味しくなるのだ。

サラダや肉料理、卵焼きなどを作っておく。

やべ…………言われた通り多めに作ってたら、余計に三人前くらい作ってしまった。

う〜ん。まあ、残していたら明日の朝にでも食べればいいか。

夕飯を食べて眠るまでシホヒメは帰ってこなかったので、少し心配しつつ眠りについた。


次の日。

朝起きるといつもの景色が広がっていた。

「おはよぉ……」

「お、おう。おはよう。三日目か」

目の下のクマが凄いシホヒメが首を縦に動かす。

「今日こそはしっかりガチャを回して枕を手に入れよう。朝食を準備するから待っててくれ」

キッチンに出て朝食を準備する。

余計に三人前作ったはずなんだけど、全部食べてる。余程お腹が空いてたのかもしれない。

簡単に朝食を食べて、寝不足三日目のシホヒメと一緒にダンジョンに向かった。

「シホヒメ。そろそろ同じ階層で狩ろうか」

「うん……」

シホヒメが昨日集めた魔石をもらってるけど、とんでもない量だった。

今日は配信初10連が二回引けそうだ。

《配信が開始されます。》

『今日はホワイトナイトくんはいないのか』

『昨日ニュースになっていたぞｗｗ』

『そりゃ……殺人未遂だからな。普通に』

「色々心配してくれてありがとうな！」

『おうよ。助けてくれたリン様に感謝しろよ』

「ははっ！　ありがとうございます。リン様～！」

何故かシホヒメも一緒に跪《ひざまず》く。

少し空気を読むようになったのか？

『残念美女のクマやべ～』

「今日三日目だからな。今日こそはガチャを回して枕を出そう」

『頑張れよ～！』

『残念美女のために働け～！』

『リン様☆彡　リン様☆彡』

それにしてもリスナーの数がどんどん増えている。

《視聴者数：１０９１》

配信開始の時点で四桁《けた》人数なんて、一体何が起きているのやら…………。

『主の頭の上に乗っているのがブラックスライムか』

『めちゃ柔らかそうなんだけどｗ』

『可愛い～！』

お、おう……コメントの雰囲気がまた変わったな。

新規リスナーが増えるのはありがたいことだが、急すぎて俺の気持ちの整理が追いつかない。

ええい……！　なるようになれ！　別に新規で入ってきたとて、今までの俺の色を変えるつもりはない。

「初見さんいらっしゃい。ガチャは配信終了間際《まぎわ》に引くので最後まで見てくれよな！」

するとと『よろしく〜』とか『楽しみ〜』とかといったコメントが流れた。

「リン。今日もよろしくな」

「あい……」

今日もダークラビットに向かって、リンの棘が伸びる。

伸びる速度は目にも留まらぬ速さで、十メートル先の魔物ですら一瞬で刺して倒す。

『リン様も慣れてきたな。棘が目で追えないや』

『あの棘に刺さると麻痺《まひ》るらしい』

『ああ。ホワイトナイトくんが一瞬で麻痺ってた』

『エム氏、ホワイトナイトくんの麻痺した写真も出回ってるぞ〜』

『最強護衛《ごえい》従魔ブラックスライムのリン様☆彡』

リンはすっかり人気者だな。

狩りに余裕がでてきて、コメントと一緒に盛り上がりながら一時間狩りをして、ガチャポイントを二千まで貯《た》めることができた。

「さて、今日は少し時間が早いが、そろそろガチャを引いておこう」

俺の声を聞いたシホヒメが、目覚まし時計みたいに飛び跳《は》ねる。

人間って嬉しい時ってああして飛ぶんだな。子供がよくやるよな。

《10＋1連を回す》

早速《さっそく》ボタンを押してガチャを引く。

二度目の10連ガチャは、やはり、白い筐体《きょうたい》が現れた。こりゃやっぱりR《レア》以上確定だな。

ハンドルが時計回りに回ると、口からガチャカプセルが落ちてくる。

黒、黒、黒、白、黒、黒、黒、黒、黒、黒、白。

『お～！　Rが二つも落ちたぞ！』

『10連いいな！』

「枕！　枕！　ま・く・ら！」

黒いカプセルが開いて、中から野菜やら缶ジュースが現れる。

一つ目の白いカプセルからは、虹色《にじいろ》の光に包まれた手のひらサイズの白い羽根が現れた。

二つ目の白いカプセルからは、立派《りっぱ》な瓶《びん》が一つ現れた。

『今回は変なのが出たな。瓶はその作りからして酒っぽいな』

「う～ん。ラベルにはワインって書かれているな。アルコール15%としか書かれてないや」

『ワインは銘柄《めいがら》がわからないと高く売れないぞ～』

『でもガチャから出た食品って美味しいんだよな？』

「一応野菜とかジュースとか美味しいな」

『Rから出たんだからめちゃくちゃ美味《うま》いワインかもしれん』

「それならお客様用に取っておくか」

『羽根は？』

今度は羽根を手に取る。触り心地は非常にいい。

《帰還《きかん》の羽根：ダンジョン内部でのみ使用できる。パーティーメンバー全員でダンジョン外に転移する。一度使うと消える。》

「帰還の羽根というアイテムで、一瞬でダンジョンから転移できるらしい。使い捨てだけど」

『めちゃレアじゃん！』

『ダンジョンからいつでも逃げれるってめちゃ高く売れそう』

『上位探索者に売りつけようぜ！』

「ま、まあ……一応売るのも視野に入れておくか」

羽根をしまうと、うずくまって地面に指でツンツンと押しているシホヒメが見えた。

「シホヒメ。二回目の10連ガチャを回すぞ」

「そうだった!!」

忘れていたのかよ……。

二度目の10連を回す。黒、黒、黒、黒――――黒、赤。

あっ…………文字通り膝《ひざ》から崩《くず》れ落ちるシホヒメ。

枕が出るのは白いカプセルだけ。黒からは出ないし、今回最後に出たのは白でもなく赤色だ。

『赤キタァァァァ！』

『また上のレアリティか？　最近エム氏の運気が上がってきたな』

「10連を回すと確率が少し上がる気がする。最近レベルも上がってきたからかな？　何せ、ボーナスでR以上なのが凄いんだと思うけどな」

黒いカプセルの中からはいつもの野菜や肉、スリッパなどが出た。

最後の赤色はRの次のランクである、SR《スーパーレア》だ。

宙に浮いた赤色カプセルに触れると中から現れたのは――青色の腕輪《うでわ》だった。

《魔法耐性腕輪：魔法に対する耐性を得る。》

「魔法耐性腕輪……？　これは強いのか？」

『すげぇのキタァァァァ！』

『魔法耐性腕輪とか絶対大当たりじゃん』

『今調べているけど、そもそも装備品で特別な効果があるものは稀《まれ》だそうだぞ！』

『ダンジョンドロップ品は武器と鎧《よろい》しかないから相当高額品になりそうだな？』

『底辺探索者が持っていい品じゃねぇぞ！』

「そんなことはどうでもいいいい！」

急にシホヒメが大きな声を上げた。

「お願い！　枕を！　エムくん！」

飛んできたシホヒメが俺の足に抱きつく。

「お、おいやめろ！　ズボンが脱げちゃうだろ！」

「お願い！　もう私はエムくんのあれじゃないと無理なの！　寝れないよ！」

「また変な言い方すんなあああ！」

『エム氏のあれ』

『残念美女必死☆彡』

『『『『ギルティ』』』』

シホヒメが俺に向かって全力で叫ぶ中、二人の人影が現れた。

一人は体が大きい男、もう一人は細身の男だ。二人ともかなり険しい表情をしている。

こいつらが来る前にガチャを引いて大正解だった……また邪魔されて引けなくなるところだった……。

四つん這《ば》いになって絶望しているシホヒメと、新たなトラブルの気配がする二人。

俺たちの間に緊張が走った。

――――次の瞬間。

「「すいませんでしたあああ!!」」

飛び上がった二人は、そのまま俺たちの前で立派な――――土下座《どげざ》をした。

「えええええ!?」

『ジャンピング土下座キタァァァァ！』

『リアルジャンピング土下座初めて見たんだけどｗｗ』

『今度はなんだ？　ｗｗ』

「この度はエム様に大変な迷惑をかけてしまい、誠に申し訳ございませんでしたあああ！」

「ちょっと待ってくれよ！　そもそもあんたたちは誰なんだ！」

「俺たちは――亮介《りょうすけ》の仲間なんです！」

…………。

…………。

りょうすけ？

「すまん。誰かわからない」

「!?　そ、そうでした！　白騎士です！　白騎士！」

『あ～ホワイトナイトくんのお仲間か～』

『リョウスケを呼ぶなよｗｗ』

『リョウスケええええ！』

「ああ、あいつの仲間か」

「そうです。その……シホヒメさんもお久しぶりです」

シホヒメ？

俺と男たちの視線がシホヒメに集まった。

「……まくら……まくら……」

もうダメだこいつ。

「そもそもお前たちは誰なんだ？　シホヒメとどんな関係なんだ？」

「俺たちは――――シホヒメの元仲間です」

「元仲間⁉」

「……まくら……まくら……」

シホヒメは彼らなど全く構わず、ずっと呪詛《じゅそ》を吐き続けていた。

「そうか！　だからあいつがシホヒメを取り返しに来たのか！」

「亮介はずっとシホヒメさんが好きでした。学生時代からずっと好きで、頑張って強くなったんですが、シホヒメさんがあんな感じで亮介に振り向いてくれなくて……それが先日、シホヒメさんから一方的に脱退を告げられてしまって…………」

「…………」

「納得いかなかった亮介は、シホヒメさんを捜し始めて…………あんな事件を引き起こしてしまったんです！」

「全部シホヒメのせいじゃねぇかよ！」

「そ、そんなことはありません！　探索者パーティーはお互いに納得した上で組みます。シホヒメさんが脱退したいのなら止める筋合いはないんです！」

「……まくら……まくら……」

シホヒメにとっては元仲間よりも枕の方が大切のようだ。

「亮介があんなことをするとは思わなくて。本当にすみませんでした。これはお詫《わ》びの印《しるし》です」

そう言いながら、背負っていたリュックの中からとあるものを取り出した。

真っ白い鎧と高そうな剣だ。

「って！　あいつの鎧と剣じゃねぇかよ！」

「亮介はもう探索者には戻れませんし、装備はパーティーの物ですから、慰謝料としてエム様に渡すのが道理だと思います。使うなり売るなり好きにしてください！」

その時、呪詛を吐き続けていたシホヒメがビクッと起き上がる。

「あんたたち！」

「シホヒメ？」

「誰？」

「「元仲間だよ！」」

「ふう～ん。それはどうでもいいわ」

「いいのかよ……」

『元仲間の空気ｗｗ』

『残念美女はどうやらあれにしか興味がないらしい』

『エム氏のあれ☆彡』

「俺のあれとか言うな！」

「それより、エムくんに迷惑をかけといてそれでおしまいじゃないよね？」

「えっ？　そ、それならどうしろと言うんですか!?」

男の言葉にシホヒメは暗黒笑みを浮かべた。

眠った後の初日は天使みたいな顔してるのに、三日目になると悪魔みたいな顔がこんなにも似合うのすげぇ……。

「そりゃ――これから毎日私のためにに魔石を集めてきて」

『奴隷キタァァァァ』

『シホヒメって頭いいのか悪いのかよくわからないよな』

「わ、わかりました！　俺たちが迷惑をかけてしまったのは事実です！　これからシホヒメ様のために魔石を持ってきます！」

「いやいや、待ってくれ！」

「止めるなあああ！　俺たちは……俺たちは亮介の想いを紡《つむ》いで、彼が犯した罪を償《つぐな》うべきなんだあああああ！」

こいつ。見た目通り暑苦しいな。

男たちは亮介の武器と鎧を置いて、二層に向かって走り去った。

それを見ながら、ニヤリと笑うシホヒメに溜息が出る。

「はあ……どうなっても知らんぞ？　それよりこの鎧と剣どうする？」

「魔石に交換する」

「即答かよ」

「……まくら……まくら……」

「まだそれ終わってなかったのかよ！」

『残念美女☆彡　残念美女☆彡』

『腹黒美女☆彡　腹黒美女☆彡』

また新しい称号《しょうごう》が増えてよかったな？　シホヒメ。

『リョウスケの装備っていくらしたか教えてくれよ～』

「わかった。それにしてもこんな重いもん持ってこられても困るんだがな……」

すると、頭の上にいたリンが剣と鎧に飛びつく。

手で持てるサイズのリンが、一気に体を膨《ふく》らませて剣と鎧を飲み込んで元のサイズに戻り、俺の頭の上に戻ってきた。剣と鎧を飲み込んだのに、不思議とリンの重さは変わらない。

「リン？」

「保管……できる……」

「お～！　こういうの保管できるんだな？　すごく助かるよ！」

リンが嬉しそうに頭の上で揺らいで、リンを称《たた》えるコメントの弾幕が流れた。

俺が思っているよりもリンは色んなことができるようだ。

それにしてもリンが活躍する度に応援が増えていく気がする。

配信中リスナーは《視聴者数：１２５１》もいて、配信が終わって最終的な応援ポイントは《応援数：３２０》に上った。


奈々が待つ病院に向かう前に、素材買取センターにやって来た。

魔石や素材、低確率でドロップする装備品も買ってくれる。

「いらっしゃいませ」

可愛らしいメイド服の店員が挨拶をしてくれる。

「剣と鎧を売りたいんですけど」

「ご利用ありがとうございます。ではこちらに品を置いてください」

「リン。よろしく」

「あい……」

頭の上のリンがブルブルと震えると、白騎士の剣と鎧を吐き出した。

「!?」

「あはは……うちの従魔がすいません」

「と、とても可愛らしい従魔ですね…………スライムですか？」

「ええ。ブラックスライムです」

数秒リンを眺めていた彼女は、ハッと我に返り買取作業を進めてくれる。

待っている間、俺の肩をツンツンと突《つ》いてきたシホヒメは、とある場所を指差した。

ガラスの展示ケースがあり、中を覗《のぞ》くと――魔石がサイズ順に並んでいた。

「シホヒメ～これが欲しいのか～？」

「はい！　はい！」

「仕方ないな～少しだけだよ？」

「はい！　はい！」

……こいつ本当にもうダメかもしれない。

魔石の展示ケース前で興奮《こうふん》するシホヒメを放置して買取カウンターに戻る。

店員と目が合うと、あからさまに視線を外された。

ううっ……痛いのはあいつだけなんだけどな…………。

「お、お待たせしました！　こ、こちらの額になります」

もう目も合わせてくれなくなった店員から紙を一枚渡された。

買取金額が書かれていて、剣と鎧、合計で十二万円となっている。

「売ります!!」

「は、はいっ！」

即売って手に入れた現金を持って、今度は魔石売場に向かう。

展示ケースの中には色々なサイズの魔石が並んでいる。

極小魔石、小魔石、中魔石、大魔石、特大魔石の五種類だ。極小魔石はいつも俺が拾っているビー玉サイズ。少しずつ大きくなり、特大魔石がリンと同じサイズだ。

魔石の買取値段は、極小魔石が十円、小魔石が百円、中魔石が千円、大魔石が一万円、特大魔石が十万円となる。

それに対して店の魔石の売り値は全《すべ》て二割増しの値段になっている。なので店から買うと少し損《そん》をしたような気持ちになってしまう。

まあ、今日はシホヒメのためにも——奮発《ふんぱつ》してあれを買ってやるか。

「これください」

「ひゃ、ひゃっは〜！」

涎《よだれ》を垂《た》らしている残念美女シホヒメが歓声を上げた。

日を追うごとに凄まじく豹変《ひょうへん》するな。

魔石売場の店員だけでなく店内の皆さんがシホヒメを白目で見つめる。

配信中だったら『残念美女☆彡』と弾幕が流れたに違いない。

購入した特大魔石をシホヒメに渡すと「ひゃっほ～！」と声を上げる。

シホヒメはうるさいので家に帰らせて、俺とリンは奈々のところに向かった。


その日の夜。

「ひい!?」

「シャー！」

特大魔石を必死に抱きかかえたシホヒメと、俺の頭の上から棘を出して威嚇《いかく》するリン。

正直に言えば、俺としても今すぐ引きたい。

「100連！　はあはあ……」

ガチャポイントは極小魔石が1。サイズが上がるに従って十倍ずつ上がり、特大が1000になる。つまりシホヒメが抱きかかえる特大魔石があれば、初の100連を引ける。

「リン？　今日はさすがに引かせてくれないか？」

「やぁ……配信で……引くもん……」

「はあ……シホヒメ。すまないがリンが許可してくれないと俺にもどうにもならないよ」

頭の上のリンを引き離そうとしても、びよーんと伸びるだけで剝がせない。

「ほら。今日もお前が好きなソーセージ買ってきたから」

買い物袋からシホヒメが盗み食いしていたソーセージを取り出した。

「!?」

そんなソーセージに反応したのは――――まさかのリンだった。

伸ばした触手がソーセージに触れている。

「え?」

「……!?……………」

ゆっくりと触手を離して、何もなかったかのように振る舞うリン。

「……リン?」

「今日は……いい……天気……」

「リンからいい天気とか言われたことねぇよ!　今の触手は何だったんだ!?」

「ひゅ……ひゅう……」

いや、それは口笛のつもりなのか……?　ちょっと可愛いけども。

「リ～ン?　怒らないからここにおいで」

テーブルの上をトントンと叩《たた》いてソーセージを置く。

「………」

ゆっくりと俺の頭から降りたリンが、俺を見上げる。

うん。可愛い。

だがさっきの行動を見逃すことはできない。

「リン？　正直に言ってごらん。ソーセージを盗み食いしてたのは――シホヒメじゃなくてリンなのか？」

ビクッと動いて、ふにゅふにゅと揺れ動く。

「怒ってないよ。ただ真実を知りたいだけ。俺はシホヒメのためにと思ってやってたけど、リンが欲しいのならリンのためにしたいんだ」

「本当に……怒らない……？」

「もちろんだ。約束するぞ？　俺はリンのご主人様だからな」

「ご主人しゃま……ソーセージ……リン……大好きゅき……」

「そっか。シホヒメじゃなくてリンが好きだったんだな。ちゃんと言ってくれよな？　リンのためなら毎日買ってあげるからな？」

「!?」

ブルブルっと震えたリンは、次の瞬間――

「う、うわあああああああ!?」

一体何が起きたんだ。俺の顔に当たっているこれは一体なんだ？

めちゃくちゃ柔らかくて、まるで水風船を顔に押しつけているかのような弾力。さらに独特の優しい香りがする。

顔を全部覆ってるけど、あら不思議、息はできる。それを剝がそうとしたが、とても剝がせる大きさじゃない。

俺の顔全体の感触からそれが人間のあれであることくらい察しがつく。

この柔らかさは…………。

「うふふ♡　ご主人しゃま～大好き♡」

透き通ったその声は、聞く者の心を癒《い》やすような、そんな綺麗さを持っている。が、内容がおかしい。

「…………リン？」

「あい♡」

…………と言っている通り、いま俺を全力で抱きしめている物体はリンだ。

ただし、スライムではない。

リンが俺に向かって飛びついた瞬間、姿が一瞬で変化《へんげ》して人型になったのだ。

「なあ。リン。ちょっと色々聞きたいことがあるから、少し離れてくれないか？」

「やぁー♡」

「嫌だじゃないわ!!　そもそも俺の顔を覆ってるのって一体なんだ？」

「ん――――私の胸？」

「…………」

は？

「う、うわあああああああああ！　は、離れろリン！　頼む!!」

「え～もう少ししたいのにぃ……」

真っ暗だった視界がゆっくり開いていく。

目の前から得体《えたい》の知れない巨大なたわわが二つ離れていく。

ぽよんぽよんと音を立てて二つのたわわが揺れ動いた。

「ひ、ひぃ!?」

「ご主人しゃま♡」

声がするたわわの上には、真っすぐ伸びた絹《きぬ》のような黒い髪の女性の顔があり、妖艶《ようえん》な赤みを帯びた黒い瞳《ひとみ》が俺を見つめていた。

ゆっくりと赤い舌《した》を出して艶《つや》のある唇《くちびる》をなめ回す。

「り、り、リン！　い、い、色々聞きたいことがある！　そ、そ、そこに座ってくれ！」

「落ち着いて～ご主人しゃま♡」

落ち着けるものか！　誰のせいだと思ってる！

必死に言いたいことを飲み込んで、リンを座布団《ざぶとん》の上に座らせた。

「も、もしかしてシホヒメは知っていたのか？」

特大魔石を大事そうに抱えたシホヒメが首を縦に振った。

「はあ……一体何がなんだか……ひとまず、リンは人型にも変化できるんだな？」

「あい♡」

その語尾で一々息を抜くのを止《や》めてもらいたい……すげぇエロいんだよな……はあ……。

「聞いてなかったのも悪いが、ブラックスライムは何を食べるんだ？」

「ん～何でも？　でも、美味しいもの～」

「美味しいものか。それでソーセージが好きなのか？」

「あい♡」

「普通のご飯も食べられるんだな？」

「あい♡」

「わかった。これからはリンの分も作ってあげるから」

「ありがとう！　ご主人しゃま～」

「う、うわあああああ！」

いくら人型になっていてもブラックスライム。とんでもない速度で動けるようで、一瞬で抱きつかれた。また顔がたわわに当たってしまった。

「り、リン！　や、やめてくれえええええ!!」

「やぁー♡」

い、いけない！　自制……自制だああああああ！

うおおおおおおおお！　男としての尊厳と威厳を思い出せ！　お前は目の前の欲望に負けて発情するただの獣《けもの》じゃないだろ！　気合いを入れろ！

しばらく、たわわの攻撃を必死に耐え、俺は何とかギリギリ男の尊厳を守れた。

四章　配信停止

リンにはできる限り人型はやめてくれと頼んでいるので、いつも通り頭の上に乗っている。

「シホヒメ。今日は配信始まったらすぐに１００連を引こう」

「あいっ！」

その表情はまるで戦争に向かう戦士のようだ……。

シホヒメは食事中も風呂に入る時も夜を明かす時も特大魔石を大事そうに抱きかかえている。

シホヒメ念願の配信スタートまで数十秒。

相変わらず険しい表情でカウントダウンの画面を睨《にら》んでいる。

五秒……四秒…………………一秒……。

《配信が開始されます。》

《視聴者数：１２７０》

『リン様☆彡　リン様☆彡』

『残念美女☆彡　残念美女☆彡』

始まってすぐに弾幕が流れる。

「俺はないのかよ！」

『エム氏のあれ☆彡　エム氏のあれ☆彡』

「それはやめろ！　さて今日は最初に狩――――」

説明しようとした俺の前にある男が現れた。

「待たれよ～！　エム殿」

岩の陰《かげ》から男の人が飛び出してきた。

「初めまして。エム殿！」

金色に輝く少し長い髪をなびかせた男は、日本人とはかけ離れた顔をしている。

ただ、白騎士くんは如何《いか》にもチャラい雰囲気《ふんいき》だったけど、彼はとても真面目《まじめ》そうだ。

「えっと……どちら様でしょう？」

『すげぇえええええ！』

『なんつうやべぇ人が来たんだ!?』

『エム氏の配信で現れていい人物じゃなくて草ｗｗ』

えっ!?　どうやらリスナーのみんなは彼が誰なのか知っているようだ。

「これは失礼した。僕は――――ディンと呼んでくだされ！」

「でぃ、ディンさん」

『ディンキタァァァァ！』

『まじかよ……違和感半端ねぇ～』

『底辺探索者ｖｓ最強探索者は面白《おもしろ》すぎるｗｗ』

ん？　最強探索者？

「シホヒメ。ディンさんを知っているか？」

「知らない。早く帰って」

こいつ……もはや目にはガチャしか映ってない。

「これは手厳しい。お二人のデートをお邪魔してしまい大変失礼した」

頭上のリンが激しく動く。二人のデートってところに反応したようだ。

「デートとかじゃありません。ディンさんがどういう方か存じ上げないのですが、どういったご用件でしょうか？」

「ぬはは～これは失礼。配信中であまり時間がありませんでしたな。では早速《さっそく》になりますが用件を伝えさせていただこう。単刀直入に――――腕輪《うでわ》と羽根を売ってくだされ！」

腕輪と羽根？　――――あれか。この前ガチャで排出した品か。

『すげえええ！　やっぱり最上位クランでも欲しがるくらい凄《すご》い当たりだったんだな』

『一番の当たりはリン様☆彡』

『リン様今日も可愛《かわい》い～』

お、おう……そういや、そんなことをコメントしていたリスナーがいたな。ドロップ装備は剣と鎧《よろい》しかないから、腕輪に特殊な効果があるなら欲しがる人もたくさんいるかもと。

「売らない。帰って」

ディンさんの前に立つシホヒメが一瞬で決着をつける。

「待ってくだされ、美《うつ》……くしいレディー」

『いまの間《ま》ｗｗｗ』

『ダークシホヒメは怖いよなｗｗ』

『ダークシホヒメ吹いたｗめちゃ納得したわｗ』

『もしかしていま鬱《うつ》って言いかけた？』

ダークシホヒメ。言い得て妙だ。

「待たない。時間がない。早く帰らないとリン様にお願いして刺してもらうから」

ん？　いま・・・リン様って言った？

「ぬはは〜これはまた手厳しいですな〜ですが、僕はどうしても腕輪と羽根を買いたいのじゃ。あれがあれば今まで届かなかった深層にも行けるかもしれないのだよ」

なんか一々喋《しゃべ》り方が大げさというか、劇場的？　演劇っぽい？　まあ、それはいいか。

「ご主人しゃま……」

「ん？　リン。どうした？」

「ガチャ品……売らないで……」

何だかリンから悲しむような気持ちが伝わってくる。

ガチャから出たリンだからこそ、他のガチャ品が売られるのは嫌みたいだ。

「ディンさん。すみません。うちのリンが売らないでほしいとのことで……」

彼の表情が険しいものに変わり、リンを見つめる。

「なら一千万円でどうでしょう〜！」

「一千万円!?」

『一千万円とか高すぎて草ｗｗ』

『いや、レア装備ならもっと高くなるかもしれないぞ！』

十二万円があれば100連を一回引ける。一千万円があれば、100連を八十回は引けるよな!?

「やぁ……売るのやぁ……」

「リン……売った金でガチャを引いたらまた出るんじゃないのか？　ダメか？」

「ダメ……やぁ……」

珍《めずら》しくリンが駄々《だだ》をこねる。

その姿に、眠っている奈々《なな》を思い出した。

奈々を思えばガチャを引きたい。でも奈々がそれを求めないのなら、真っ当に引くべきだ。

「やっぱり売れません」

「くっ……せめて羽根だけでも買えたら……！」

『エム。よく聞け。一度売ったら自分たちにも売ってくれという輩《やから》も現れる。値段も吊《つ》り上がっていく。買えなかった者からは恨《うら》みを買うこともあるだろう。しっかり考えて判断しろ』

長文コメントが流れる。

リスナーが送れるコメントには制約がある。内容と長さと頻度《ひんど》だ。

内容に関しては禁止ワードが存在し、それが入っていると送れないし、ペナルティもある。

頻度は一度コメントを送ったら、次のコメントが送れるまで十秒のクールタイムがある。

文字数は、一度に送れるのは四十文字までとなっている。

今回流れたのは、いわゆる【課金コメント】と呼ばれているものだ。課金することで一度に送れるコメントが二百文字まで書けるようになる。

そして、時折課金コメントを送ってくれる人物が一人だけいる。

通称――――師匠《ししょう》。俺が勝手に師匠と呼んでいるだけだが。

「師匠……わかりました。肝《きも》に銘《めい》じます」

『師匠降臨《こうりん》☆彡　師匠降臨☆彡』

『底辺探索者が一千万円～！』

そ、それは……確かにもったいない。

「ディンさん。一つ聞きたいんですが、どうしてそこまで羽根を欲しがるんですか？」

「それはとても簡単ですぞ。僕たちは難易度の高いダンジョンに潜っているのですじゃ。思わぬ事故がパーティーの壊滅に繋《つな》がりますのじゃ。僕はクランマスターとしてメンバーを守りたい。その保険として帰還《きかん》の羽根を持っておきたいのですぞ！」

メンバーを思うからこそ羽根が欲しいのか……。

俺が知らないだけで、羽根は人によってはとんでもない価値のある品のようだ。

「ディンさんの仲間を思う気持ちはわかりました」

「ぼ、僕はメンバーのために諦《あきら》めませんぞ！」

その時、入口方面から土煙《つちけむり》が上がり、何者かが俺たちに向かって走ってきた。

「リーダーぁあああああ～！」

ダンジョン内に響く女子の声。

「き、君たち!?」

ひょっとしてパーティーメンバーとかかな？

こちらに向かって全速力で走ってくるのは三人。女性二人と男性一人。

一番前で声を上げているのは純白の神官服姿の女性で、続く小柄な女性は魔法使いの杖《つえ》を持っており、その後ろから来るのは弓を担《かつ》いだ、ディンさんと同じく金色の髪をなびかせたイケメンな男性だ。

『すげぇえええ！　最上位探索者クラン【栄光の軌跡《きせき》】だぁあああ～！』

『マホたん～今日も可愛いよ～！』

…………最上位というだけあって、うちのリスナーたちも知っている口ぶりだ。

「君たち！　どうしてここに……！」

「それは……リーダーが急にいなくなって……私たちすごく心配で…………」

「心配だなんて……僕は君たちのためにここに――――」

涙ぐみ走ってきた神官服の彼女が――――ディンさんの顎《あご》にまさかのアッパーを喰《く》らわす。

「それがあかんって言ってるねぇぇぇぇん！」

「ぐ、ぐはああああっ!?」

『ディンがぶっ飛ばされて吹いたｗｗ』

『今日もリリナちゃんが怖い……！』

この神官服の彼女が【リリナ】で、後ろの魔法使いが【マホたん】で合ってそうだな。

大きく吹き飛んだディンさんは地面に叩《たた》きつけられる。

「ディぃいいいいいいいいいん！」

美声を上げながら飛んでいった男性は、目が×になった彼を優しく抱きしめる。

「あぁ……こんなにボロボロになってしまって………少し待ってくれ、リリナにお願いしてすぐに回復させてあげるからね？」

いやいや、彼をぶっ飛ばしたのがその本人でしょう⁉　そもそも見てたよね⁉

「このクソリーダーが！　また変なことにパーティーのお金を使おうとしたんでしょう！」

「そうよ！　私の酒代が減らされるのは納得いかないのよ！」

「マホたん。貴方《あなた》の酒代は高すぎるのよ？」

「いつも頑張ってるんだから、ちょっとくらいいいじゃん！　それにリリナだって！」

何なんだこいつら……帰ってくれないかな？

それぞれがバラバラで、嚙《か》み合わなさすぎだろ。

その時、こちらに向かって呪詛《じゅそ》を吐き続けていたシホヒメが怒りの声を上げる。

「さっさと出て行きなさいいいいい！」

シホヒメの悲痛な叫びがダンジョンに木霊《こだま》する。

『シホヒメが怒るなんて珍しくね？』

『１００連引きたい人だからな』

『そういや１００連ってどうなるんだ？　ボーナスが二十回分追加だっけ？』

リスナーも待っているし、俺もさっさとガチャを引きたいんだが……。

「ま、待たれよ…………」

しつこい……。

「羽根と腕輪を……二千万円で……」

「二千万円でそんなくだらないおもちゃを買うんじゃないわよ！」

倒れているディンさんの腹部にリリナがパンチを叩き込む。

マホたんの口ぶりからしてリリナは回復魔法使いのようなのに、打撃系のギフト持ちに思えるくらい凄《すさ》まじい打撃の音が周囲に響き渡る。

「ぐ、ぐはっ……ぼ、僕は……みんなのために…………」

「いつも無駄遣《づか》いばかりして！」

「あぁ……ディン……少し待ってくれ。リリナにお願いして回復させてあげるからね？」

…………こいつら本当に最上位クランなのか？

「エムくん……」

「うわあ!?」

血走った目のシホヒメがすぐ隣から声をかけてくる。

「エムくん？　あいつらは無視してガチャを引こう？　ねえ、私もう限界なの！　もうエムくんにしか私を満足させられないの！」

そう言いながら俺の足にしがみつく。

「ま、待てえええ！　ズボンが！　ズボンが脱げる！」

「お願いいいい！」

「パーティーのお金を無駄にするなあああ！」

「ディぃぃぃぃぃぃぃぃぃぃん！」

「酒代〜！」

「ズボンがあああああああ！」

次の瞬間、シホヒメが俺の足にしがみついたせいで、ベルトが壊れてズボンが脱げ落ちてしまった。

『パンツ降臨☆彡』

『終わった』

『さようなら。エム氏。また会おう』

「う、うわああああああ！」

《配信中に規約違反を検出。ただちに配信を強制終了致します。本日から数日間配信停止となります。》

俺に絶望を知らせる画面が音声付きで流れる。

それと同時に配信カメラが帰っていった。

LIVE
ンツ降臨☆彡
終わった
ようなら。エム氏。また会おう

「シホヒメえええええええええ！」

「ひぇっ!?」

「ば、ばか野郎おおおおお！」

「ふえええ!?」

ふえええじゃねぇんだよおおおおおおお！

ダンジョンの中に、パンツ姿の俺の悲痛な叫びが響き渡った。

◆

「ごべんなじゃいいいいいいいい」

大声で泣き始めたシホヒメに溜息《ためいき》が出る。

とりあえず脱がされたズボンを穿《は》いて、現状を整理する。

配信中に規約違反があった場合、即座に配信が停止する。今回引っかかった規約違反は、ズボンを脱いでしまったことだ。

魔物との戦いの最中に服が破けたり脱がされた場合は、黒いモザイクがかけられ、そのまま配信が継続されるのだが、本人や他人が故意に服を脱いだり脱がされた場合は規約違反となる。

今回はシホヒメが俺のズボンを脱がしてしまったのが原因だ。

「はあ………困った。配信じゃないとリンがガチャを引かせてくれないし、規約違反での配信停止は最短でも一週間は続くからな………」

その時、リンがシホヒメの頭の上に飛び乗る。

「リン⁉　ま、待て！　ここで刺したら色々めんどくさいことになる！」

「………」

リンが触手《しょくしゅ》を二つ伸ばす。そして――シホヒメの頭をポンポンと優しく撫《な》でた。

………は？

「リン様……？」

「シホヒメ……よくやった………」

「よくやったってなんだよ⁉」

「⁉　えへへ～リン様のためなら、このシホヒメ、頑張ります！」

こいつら。俺が知らない間に何だか仲良くなってないか？

それにしてもシホヒメの目にガチャが映っているんだが、大丈夫か？

「とにもかくにも配信ができなくなったから、一度戻って作戦会議だ」

「は～い！」

意外にもシホヒメが一番元気だ。

傍《そば》にはディンさんをボコボコにしている人たちがいるけど、俺たちが気にするところではないので放置して家に帰った。

「さて、ひとまず現状の確認だ。規約違反で配信が停止された」

「あい！」

「期間は短くても一週間。つまり、一週間分の収入がない」

「あ、あいっ……」

「配信できない期間中を何とか乗り切るために——特大魔石を売ることにする」

シホヒメが絶望した表情を浮かべる。特大魔石を大事そうに抱えて、俺から後ずさりしながら首を横にブンブン振る。

「これもシホヒメのせいだからな？」

可愛い目に大きな涙を浮かべて、より激しく頭を横に振る。

「リン。頼む」

「うふふ♡」

人型となったリンがゆっくりとシホヒメに近づく。

「シホヒメちゃん～♡」

「ひいっ!?」

両手を伸ばしてシホヒメを抱きしめたリンは、そのままシホヒメを押し倒した。

「魔石ちょ～だい」

「だ、だめ……」

「悪い子はこうするの～♡」

リンの巨大なたわわが、シホヒメの普通のたわわを襲《おそ》い始める。

「ひゃん!? ん……やぁ……だめ…………っ……」

一体どこに触ってるんだ!?

「す、ストップ!! リン！ それ以上はやめろ！ う、うわあああ！ やめてくれえええ！」

シホヒメと絡《から》んでいるリンを見ていられずに、引き剝《は》がそうとするが、なかなか剝がれない。

「あら？ ご主人様もする？♡」

「!? ま、待っ――」

今度は俺の顔面を襲う二つの巨大なたわわ。

い、いけない！ 無心……無心だあああ！ 何も考えるな！ これはただの水風船。ただの水風船。ただの水風船――

「ご主人様の♡」

ゆっくりとリンの腕が俺の下半身に伸びるのを感じる。

「や、やめろおおおおお！」

その日、俺は男としての尊厳を失った。

ただただリンの柔らかい手の感触で、俺の――――太ももをマッサージされ続けたからだ。

◆

ようやく落ち着いた頃、いまだリンが両手をうねうねさせている。

「………リンの特技は？」

「マッサージ♡」

「はあ……」

人型になったリンには、ある性癖《せいへき》があるらしい。それが――――【マッサージ】である。

彼女は誰かの身体をマッサージし、悶《もだ》えさせるのがとても好きだという。

実際、めちゃくちゃ気持ちよかった…………。

シホヒメは既《すで》にやられていて、それ以来リンのことをリン様と呼んでいる。

俺の太もものマッサージを終えてご満悦になったリンは、シホヒメのマッサージに移った。

もちろん、悲しい目で悶えるシホヒメを眺《なが》めながら、特大魔石を奪い取った。

「シホヒメ。魔石を売りに行くぞ」

「い、いやぁ……おねがい……私から奪わないで……？」

「そもそもお前のせいだろ！」

その時、家のチャイムが鳴る。

うちにお客さんが来るなんて珍しいというか、誰も来るはずがないんだが…………？

玄関のドアスコープを覗《のぞ》くと、そこには白騎士の元仲間の二人が立っていた。

「シホヒメ様！　魔石をお持ちしました〜！」

うわっ!?　シホヒメ様!?　魔石!?　というかどうしてうちを知っているんだ!?

後ろからぬるっと起き上がったシホヒメが玄関を開けた。

「魔石」

「はいっ！　こちらになります！」

「うん。よくやった。帰っていいよ」

「はいっ！　本日はお疲れ様でございます！」

二人は袋を渡すと、九十度に腰を曲げて挨拶《あいさつ》をして、何もなかったかのように帰った。

玄関を閉めてニヤリと笑うシホヒメが俺を見つめる。

「エムくん？　ほら、魔石だよ？　魔石なの！」

「お、おう……」

「私のあげる！　エムくん！」

「お、おう……」

こいつ……目にガチャが…………はあ。もう何をツッコんでいいのかすらわからん。

ガチャを回す魔石を手に入れて満足したのか、ニヤニヤするシホヒメは家に放置して、特大魔石を売りに行き、奈々の入院費を先払いしておいた。

奈々にも一連の出来事をしっかり説明して、しばらく配信がないと伝え、いつものように癒《い》やしてもらい家に帰ってきた。

「ワンワン！」

「……………待て。取り敢《あ》えずワンワンはいいから、その座り方はやめてくれ」

「くふぅん？」

「目に悪いんだよ！　さっさと普通に座れ！」

入って早々に犬座りのシホヒメを叩き起こす。

そもそもスカートでそんな座り方をするなよ……一体何のエ○ゲーだ……はあ…………。

「特大魔石を売ったおかげで入院費は問題ない。問題はガチャだな」

頭の上のリンをテーブルの上に移して、シホヒメと一緒にリンの前に正座した。

「リン。さすがに配信復帰までガチャを引けないのは厳しい」

「あい……」

「明日からは配信はないが魔石を集めてガチャを引きたい。引かせてくれないか？」

リンがコクリと全身を縦《たて》に動かして承諾《しょうだく》の意を示してくれた。

「エムくん！　魔石！　魔石！」

シホヒメは袋に大量に入った魔石を持って目を光らせる。

「あれ……？　増えてないか？」

「取って来たの！」

「…………そういや、シホヒメは数日寝れてないよな。とにかく今日の分のガチャは引くか」

魔石は全部で二千個にも達しており、10連が二回も引ける。

「ガチャ～！　ガチャ～！」

「わかったわかった」

また犬座りしようとするシホヒメを宥《なだ》めて、早速10連を回すことにする。

家で引くのは初めての経験で、テーブルの上にガチャ筐体《きょうたい》が現れた。

リンが座っていたので、現れた筐体の上に自動的に乗せられる形となり、ブラックスライムガチャ筐体っぽくでちょっと可愛い。

ハンドルに触れると右回転し、黒が十個落ちて、最後に白が落ちた。

黒からはジュース、スリッパ、ラバーカップなどのはずればかり。

そして、目的でもある白からは――――枕が出てきた。

「まぐらあああ」

空中に浮いた枕に抱きつくシホヒメ――――もちろん触れることができずに通り過ぎて、そのまま壁に直撃した。

ドーンという大きな音が響く。

顔面をぶつけた彼女はゆっくりと振り向く。

「し、シホヒメ……鼻血が出ているぞ？」

「まぐらあああ」

「待て待て！」

またもや突撃して通り過ぎる。

このままでは家が大変なことになりそうなので、急いで枕を手に取った。

「はあはあ……エムくん……はあはあ…………」

「俺に発情するな！」

「エムくんの……それ……はあはあ…………」

「落ち着けってば！　ここに置くからな？　さあ、いち……に…………さんっ！」

布団《ふとん》にポンと置くと、シホヒメは「しゃあああ～！」と叫びながら跳《と》び込んだ。

枕の近くにいる俺にぶつかりそうだったので、急いで避《よ》けた。

綺麗《きれい》な金の髪がふわっと広がり、水を得た魚のような満面の笑顔。

着地する直前に、空中で器用に回転して大の字になり枕に頭を付けた瞬間に眠りについた。

……ミニスカート穿いてるから色々見えたんだよな……白か……まさか、白祈願《きがん》パ
――いや、やめておこう。

そっと、めくれていたスカートを直してから、布団をかけてあげた。

「さて、もう10連引くか」

相変わらず全黒の後、最後に白が一つ落ちた。

今回現れたのは——たくさんの肉と野菜と、キューブ型の鍋《なべ》の元が一つ入っているパックが現れた。

「鍋セットか……」

まあ、いっか。

カセットコンロと鍋を出して、鍋料理を作ろうとすると、リンがぴょんとテーブルの上に跳んで鍋をじっと見つめた。

「ご主人しゃま……」

「うん？」

「ソーセージ……入れて……」

「そうだったな。ちょっと待ってな」

すぐに冷蔵庫から大量に買っておいたソーセージを持ってきて、空《あ》いたスペースに入れた。

スライム姿のリンが嬉《うれ》しそうに体を揺らすのがまた可愛い。

指でツンツンと押してみると、程よい弾力がまた可愛さを際立たせる。

「なんかこうゆっくりする日は久しぶりだな……毎日配信を頑張っていたからな……」

ふと、今も眠っている奈々の姿を思い出した。

「なあ、リン」

「あい……？」

「…………奈々の薬さ。ガチャから出るのかな？」

「…………」

「あはは、すまん。ちょっと不安で気が弱ったのかもな」

我ながら情けない。リンがわかるわけもないのに…………。

「ご主人しゃま」

「ん？」

リンが俺の胸に跳び込んできた。

そして――――思わぬことを言ってくれた。


「薬……出るよ……」


信じていたけど、本当に出るとは知らなかった。だからその言葉に心臓が跳《は》ね上がる。

「でも…………薬が出ても……リンのこと……」

珍しく悲しげな声を出すリンを、思いっきり抱きしめた。

「リンは俺の従魔だ。これからも末永くよろしくな？」

「あい……♡」

うむ……人型の巨乳はあれだが、スライムの時のリンは素晴らしいくらい癒やされるな。

鍋の蓋《ふた》がガタガタと揺れて、中から湯気が溢《あふ》れると、美味《おい》しそうな匂《にお》いが部屋に充満する。

静かな寝息を立て幸せそうに眠ってるシホヒメを眺めながら、鍋を食べ始める。

俺の胸にくっついて、触手を伸ばして熱々のソーセージを頬張《ほおば》るリンも愛らしい。

「リン。美味しいか？」

「あい……♡」

鍋セット……ハズレだろうけど、悪くないな。

リンが言ってくれた言葉を信じてこれからもガチャを引き続けると決心した。

鍋を食べてから俺も眠りについた。


虚《うつ》ろな意識の中、どこからか聞きなれない声が聞こえてくる。

「あん……ん……………ひゃぁ…………っ……」

……？　何か変な声が………。

「ん……んっっ！」

ガバッ！

起きて声がする方に目を向けると――

「朝から何をやってるんだああああ!!」

「おはよう～ご主人しゃま～♡」

「んあ……あ……っ……」

うつ伏せのシホヒメのお尻《しり》に座り込んだ人型のリンが彼女の腰をマッサージしていた。

「シホヒメ！　朝から変な声を出すな！」

「ん…………」

こいつ……初日は凄まじく可愛いから、この声は猛毒である。

溜息を吐いて部屋を出、朝ご飯の準備をする。

その間もリンとシホヒメの声が聞こえてくる。

「シホヒメ～ここがいい？」

「んあっ……はひ……そこがいいです…………っ!!」

…………。

耐え難い声を聞きながら朝食を作った。

「リン～！　シホヒメ～！　ご飯だぞ！」

「「は～い！」」

リンが人型からスライムに変化《へんげ》するむにゅーんという音が聞こえてきて、扉が開く。

キラーン☆

「うわっ。眩《まぶ》しっ!?」

「おはよう～エムくん！」

「お、おう…………」

初日のシホヒメは神々《こうごう》しさすら感じる。

朝食をテーブルに運んでみんなで手を合わせてから食べ始める。

シホヒメは意外と好き嫌いしない。野菜も好きみたいでパクパク食べるし、とても偉い。

……一応シホヒメは俺と同じ歳《とし》だが、いつもの言動のせいで小学生だと錯覚《さっかく》するよな。

「今日もダンジョンに向かうぞ。入院費は何とかなったし、魔石を集めてガチャを引くぞ！」

「うん！　私も頑張るね？」

キラーン☆

ポーズが一々眩しい…………。

「ご主人しゃま……私も……頑張る…………」

くう……スライム状態のリンは少し気怠《けだる》そうなところがまた可愛いな。

食事が終わり、俺たちはダンジョンに向かった。

「今日からはのんびりやるか」

「エムくん。せっかくだし、下層に行かない？」

「ん？　下層？」

「ダンジョンって下層があるんだよ？」

「………………」

知ってるわ！　そういう意味で言ったんじゃねぇ！

ギフトを授かった者は、特殊なスキルを持っている。俺の場合は【ガチャ】だ。

スキルには色んな種類があるが、大きく分けて戦闘系か非戦闘系に分けられる。

例《たと》えば、シホヒメは魔法を使ってるから、魔法使い系、つまり戦闘系のスキルを持っているはずだ。

一方、俺に戦闘系のスキルはない。戦う術《すべ》がないのだ。

「俺、下層に行っても戦力にならないぞ？」

「えっ？　エムくんってものすごく強いよ？」

「へ？　いやいや、俺、自慢じゃないがめちゃ弱いぞ？　ダークラビットすら怪《あや》しいぞ？」

「えっと……そういう意味じゃなくて、エムくんの一番の力って――――」

シホヒメは俺を指差す。いや、俺じゃなく、俺の頭の上だ。

「――――リン様でしょう？」

「!?」

「私……ご主人しゃまの……従魔……………守るもん……」

「魔物使いは魔物を使役《しえき》して戦わせるギフトだし、エムくんはリン様を使役してるんだから、リン様はエムくんの力だよ？　それに深層に行けば、極小魔石ではなくて小魔石が出るからね」

「小魔石⁉」

小魔石……！　喉《のど》から手が出るくらい欲しい！

「リン？　一緒に戦ってくれるか？」

「あい……♡」

「投げたら戻って来てくれるか？」

「それはいやぁ……」

やっぱりそれは嫌なのかよ！

「いつものように棘《とげ》を頼むぞ？」

「あい……♡」

俺は人生で初めてダンジョンの二層を目指した。

向かってる間もリンによって魔物たちが一瞬で消えていく。

魔石はシホヒメと手分けして拾っては、ガチャ画面に入れてガチャポイントに交換していく。

人生で初めて二層に降り立った。魔物はダークウルフだった。

人生で初めて三層に降り立った。魔物はダークゴブリンだった。

人生で初めて四層に降り立った。魔物はダークリザードマンだった。

…………。

…………。

「エムくん？　大丈夫？」

地面に突っ伏している俺にシホヒメが心配そうに声をかけてくれる。

「大丈夫なわけないだろぉおおおお！」

「うふふ～いっぱい歩いたもんね～」

「そうだよ！　いっぱい歩いたよ！　むしろ、歩いただけだよ！」

「はい。ハンカチ」

「ううっ……」

ダンジョン二層。それは俺にとってはまるで夢のような世界だった。

二層に着いたら、また歩いて、落ちた魔石を拾って、夢だった三層に着いたら、また歩いてを繰り返す。それだけ。

俺の夢のような世界は、リンの前ではただの雑魚《ざこ》狩りに等しかった。

気がつくと、夢のまた夢だった五層に着いていた。

ただ歩いただけで五層に着いたんで感動も何もない。

気を取り直して、今は五層に目を向けよう。

「五層にはどんな魔物が現れるんだ？」

「ここは確かダークナーガという蛇女《へびおんな》が出るはずだよ」

蛇女か……漆黒《しっこく》ダンジョンの人気がない理由の一つは、中盤――つまり、五層から非常に難易度が上がるからだって聞いたことがある。それもあって不安に駆られた。

その時、遠くの物陰《ものかげ》から何かがこちらに飛んできた。

バーンという音が響いて、俺の前で大きな槍《やり》が宙に止まる。

「ひい!?」

大きな槍はリンの触手が受け止めていた。

物陰から、腹部から下が蛇で、胸から上は女体の黒い蛇女が姿を現した。

「――フレア！」

後ろから真っ赤な火の玉が放たれて蛇女に直撃すると爆発を起こした。

「ひいいい!?」

「エムくん！　もう大丈夫だよ～」

キラーン☆

爆発中でも光るのかよ！

「り、リン……！」

「ご主人しゃま……守る……」

「あ、ありがとぉ……」

「エムくん～どんどんいくわよ～！　ここからは小魔石が拾えるからね！」

大きな槍を投げられた恐怖と、小魔石が手に入るという歓喜《かんき》が半々で、おぼつかない足を動かして小魔石を拾いに行く。

「ぷふっ。なにその歩き方～」

「き、気にするな」

「なんかカニさんみたいだよ？」

「足が上がらないんだよ！」

「ふふっ。腰が抜けなかっただけでも偉いね～」

何とか移動して小魔石を拾ってガチャポイントに変える。

魔石一つでガチャポイントが10ポイントも上がるのは初めてだ。

「──アイスジャベリン～！」

シホヒメが前に出した両手から氷の大きな槍が二本作られて別々の方向に飛んでいく。

向かった先にはダークナーガがいて、それぞれ一撃で貫《つらぬ》いて倒した。まるでリンの棘みたいに。

「シホヒメ……お前…………」

「うん？」

「実はめちゃくちゃ強いんだな？」

「えへへ～初日は元気ハツラツ～！」

ちょっと違う気がするけど、やっぱりシホヒメはすごい探索者なんだな。

小魔石を回収しながら、暫《しばら》く五層でダークナーガを狩り続けた。

もちろん、何度も大きな槍が飛んできたが、全《すべ》てリンが叩き落としてくれた。途中までは飛んできた数を数えていたけど、精神的にしんどくなって見て見ぬふりをするようになった。

数時間にも及ぶ五層での狩りを終えて、逃げるかのように五層から外へと向かう。

「エムくん。急に元気になってない？」

「う、うるせぇ！」

五層から逃げたい一心で帰りは足早になった。


ダンジョンを出て、事前に作っておいたサンドイッチを食べながら病院に向かう。

病室に入ると、疲れた俺の心が、眩《まばゆ》い天使の姿に一気に癒やされる。

「奈々ぁぁぁぁ」

「よしよし………」

俺の頭をリンの柔らかい触手が優しく撫でてくれる。

「俺、何度も死にそうだったんだぁぁぁ、あんな怖い槍を投げられてよぉぉぉ」

「うふふ……リンちゃん守ってくれてありがとうね…………あい……」

「うおおお。リンしゃまありがとぉぉぉぉ」

「えっへん……」

何度死にかけたことか……リンが俺の従魔で本当によかったと何度もそう思った。

「お兄ちゃん……？　無理は……しないでね……」

「もちろんだ。ちょっと――いや、めちゃくちゃ怖いけど、リンとシホヒメがいるなら五層も危なくないからな。無理はしないよ」

「あい……」

しばらく奈々に癒やされて病室を後にする。

その時、俺の前を塞《ふさ》ぐのは――

「エ――陸《りく》くん！　怪我《けが》はない!?」

「綾瀬《あやせ》さん？　は、はい。大丈夫ですよ？」

彼女は俺の体をじろじろと眺め始めた。

「今日五層に入ったって聞いてびっくりしたよ！」

「あはは……リンのおかげで何とかなりましたよ」

「そっか。無事でよかったよ本当に」

「心配してくれてありがとうございます」

どうやら彼女にも心配をかけてしまったみたいだ。

それにしても綾瀬さんはどうして俺が五層に入ったってわかるんだ？　探索者をしているのは以前聞かれて答えたけど……。

なんとなく視線を感じて振り向いたら、ずっと静かにしていたシホヒメがジト目で俺と綾瀬さんを見つめていた。

「どうした？　シホヒメ」

「――――エムくんは私のものよ」

「っ!?　ま、まだ陸くんはシホヒメさんを好きになっていないですよね!?」

「いえ。彼は私にぞっこんよ」

おい。嘘《うそ》つけ。

「この顔よ？」

俺を指差す綾瀬さん。

「きっと照《て》れ隠しね」

ちげぇよ！

「それに私たちは同じ部屋で過ごしているわ」

「ばっ!?　お、おい！」

綾瀬さんが何か言い返そうとして口をパクパク動かした後、糸が切れた操《あやつ》り人形のように沈み、ゆっくりと俺たちから離れていった。

「綾瀬さん？」

「ふっ。勝ったわ――――痛っ!?」

ドヤ顔しているシホヒメの頭にチョップをかます。

「はあ……変に誤解させるなよ。確かに一緒に過ごしているが、仕方なくだ」

「え～私のこと嫌い？」

「うん」

「そんなぁ…………私はエムくんが大好きなのに」

シホヒメのことは嫌いじゃない。ただ好きでもない。というか、目的が同じで一緒にいる仲間って感じだ。

「俺じゃなくてガチャが大好きだろ」

「てへっ」

キラーン☆

初日のシホヒメは、驚くくらい光り輝いていて笑顔も可愛い。テレビに出るような綺麗な女優さんと間違う程に美しい。まあ、眠れない日が続くとただの残念美女だがな。

「帰るぞ。残念美女☆彡」

「うん～！」

「お、おい！　くっつくな！　リンに刺されるぞ？」

「ひぃ!?」

「シャー！」

威嚇《いかく》するリンとアタフタする残念美女と共に家に帰った。

……綾瀬さんは大丈夫だろうか？


「はくしょん！」

「エムくん？　風邪？」

キラーン☆

初日の眩しいシホヒメが俺を心配してくる。

「ちょっと身震いしただけだよ。もしかして俺の噂《うわさ》をしている人がいるのかもな」

「ふふっ。たくさんいると思うよ？」

「はあ……そりゃ配信停止喰らった配信探索者だからな………」

じっとシホヒメを睨みつける。

「ご、ごめんなさい…………か、体で払うから……」

「おう。せっせと魔石を集めてこい！」

「は〜い！」

すぐに外に出ようとするシホヒメ。いや、今すぐって意味じゃないから。

「今日はもういい！　夜だし、明日にしよう」

「は～い！」

魔石を集めてくるって言えばいいのに、体で払うとか言っちゃうからリスナーたちに誤解されるんだよな……今頃あらぬ誤解が生まれてそうだ。

「そういえばさ、エムくん」

「ん？　どうしたんだ？　改まって」

座り直したシホヒメはジト目で見る。

「綾瀬って人とはどんな関係なの？」

「ぷふーっ!?　あ、綾瀬さん？　べ、別にどんな関係でもないが？」

まさかの人の名前が出て驚いてしまった。

うちの妹を看病してくれている綾瀬さんの存在は大きいが、だからといって特別な関《かか》わりはない。いつも声をかけてくれて俺の心配をしてくれる程度かな？

「う～ん。でもエムくんを男として見る目だったよ？」

「は!?　そんなはずないだろ！　あの人は妹のいる病院の看護師さんだぞ？　そもそも俺との接点なんてそれ以外、何一つないぞ？」

「女の私が言うんだから間違いないよ？」

「…………」

　今のシホヒメなら何故《なぜ》か納得しちゃうんだよな。残念美女だとわかっているのに。

「仮にそうだとして、シホヒメには関係ないだろ？」

「!?」

　シホヒメの表情が一気に曇《くも》っていく。

「エムくん!?　私という女がいながら、他の女に手を出すつもり!?」

「紛《まぎ》らわしい言い方をするな！　お前は俺のガチャだけが狙《ねら》いだろうが！」

「えっ!?　ち――――ち、違うよ！」

　何だ今の間は！

「そんなことはどうでもいいから、今度綾瀬さんに会ったらちゃんと謝っとけよ？　今度また
ああなったら枕出てもやらんぞ？」

「ひい!?　ごめんなさいごめんなさい！　ちゃんと謝ります！」

　枕の効果テキメン過ぎだろ……。

「エムくん！　それだけはどうか！　お願いします！」

「まあ、反省しているなら、ちゃんと枕が出たらやるから」

「えへへ～これからもちゃんと体で払うからね！」

「はいはい。とりあえず、今日の分のガチャを引くぞ～」

「は～い！」

俺もガチャを引く時はワクワクしてしまうな。

今日は小魔石をたくさん手に入れたので、ガチャポイントがたった一日で二千を超えているから、今日も10連が二回引ける。

さっそくガチャを引いた。

一回目の10連で、黒が十個落ちて、最後に白が落ちる。こういうのを最低保証というらしい。

「枕～！　枕～！」

中から現れたのは――高級卵八個入りのパックだった。

「ま、まだ二回目があるから～！　頑張れガチャさん！」

お、おう……。やっぱり必死になるよな。

景気よく二回目の10連ガチャを引く。

黒、黒、黒、白、黒、黒、黒、黒、黒、黒、白が落ちた。

一個目の白から現れたのは――高級テキーラだ。

「枕二つ～！　お願い！」

以前出た高級ワインから二本目のお酒だ。

……まだ十九歳だからお酒は飲めないんだよな。

「お願ぃいいいいい！」

いくら輝いている初日のシホヒメでも、必死になると残念美女そのものだな。

そして、最後の白いガチャカプセルが開いた。

そこから現れたのは――帰還の羽根だった。

シホヒメがその場で崩《くず》れたのは言うまでもない。


翌日も漆黒ダンジョンに来た。

向かうのはもちろん――五層だ。

リンがいると向かうところ敵なしで、彼女は反射速度と判断能力が高いため、俺はただただ歩いて魔石を拾うだけ。

今は諦めもついたので、一層から四層までなら、歩くだけのことだし悪くない。

だが五層に着くと――

「うわあああ！」

「大丈夫……？」

「ひ、ひぃぃぃ…………」

どうしても情けない声を出してしまう。

始終飛んでくる大きな槍が毎回心臓に悪い。リンが払ってくれるから問題ないけど、怖いものは怖い。とくにダイレクトに響く音が。

リンは触手を二本伸ばして、一本で俺を守りながら、もう一本で攻撃をする。

シホヒメも戦いに慣れているようで、ダークナーガに容赦《ようしゃ》のない魔法を叩き込み、その度に爆風が俺の全身を吹き抜けて、その度に肝《きも》が冷える。

昼近くまで休憩《きゅうけい》を取らずに狩りを続けた。シホヒメも五層ではあまり休みたくないらしい。

そりゃ……休んでてあんな槍が飛んできたら、ひとたまりもないからな。

事前に設定したアラームの音が鳴り響いて、今日の狩りの終了を告げる。

「シホヒメ～帰るぞ～」

「もうちょっとだけ！」

「…………置いて行くぞ？」

「待ってよ～！」

二日目のシホヒメはまだ少し光ってるけど、精神は少し幼児退行している。

「そういや、昨日二つ目の帰還の羽根が出たんだし、使ってみるか」

「リン様が売っちゃダメって言ってたもんね」

正直、今すぐにでも売り払いたいけど、仲間であるリンが悲しむのならやめておこう。

帰還の羽根を取り出した時、シホヒメが俺の腕を摑《つか》んできた。

「エムくん。魔物の近くで使ってみた方がいいかも」

「ん？」

「魔物がいないところでないと使うのが難しいものと、魔物がいるところでも使えるものとでは、戦略の幅が変わるからね。試しておいた方がいいと思う」

……………シホヒメって意外なところで頭がいいよな。

「よし。採用！」

「わ～い！」

両手を上げて跳び上がるシホヒメ。

……………うん。やっぱり意外なところで頭がいいだけだな。

シホヒメの提案通り、四層でダークリザードマンをおびき寄せる。

リンは触手を鞭《むち》のように操り、近づいてきたダークリザードマンを掴んで宙に浮かせた。

暴れるダークリザードマンは、長い爪《つめ》でリンの触手を切りつけるが、傷一つつかない。リンが意外に硬《かた》いって知ることができた。

「じゃあ、使うぞ～」

「は～い！」

リンを一度撫でてから、帰還の羽根を使う。

俺とリン、シホヒメの体が一瞬で光の粒子《りゅうし》に包まれると、視界が洞窟《どうくつ》から外の景色に変わった。

「お～！　本当に一瞬で外に出られるんだな！　これは便利！」

以前乱入してきた最上位探索者も言っていたけど、ダンジョンの深層は往復するだけで時間がかかる。それに戦いの最中に使えるのは凄いアドバンテージだ。

大いに喜ぶと思っていたシホヒメは、何かを考え込んでいる。

俺の視線に気づいたのか、ニカッと笑顔を見せた彼女は、何も言わずに俺についてきた。


病院に着いて奈々の病室に向かう。が、何か部屋の前が騒がしい。

大勢の看護師たちが取り囲む中、二人の男女が言い争いをしている。

「ですから！　こちらの患者さんはちゃんとした看護も必要です！　それに料金もしっかりいただいております！」

「ふん。ここはホテルじゃない！　いつまでも金にならない患者を抱えていても仕方がないんだよ。そろそろ約束の期限の一年が経《た》つんだぞ？」

「そ、それは……ですがちゃんと病室代は支払われているじゃないですか！」

「だからここはホテルじゃない。ただ眠っているだけならホテルにでも行かせたらいい！」

「っ…………それでも医師ですか！」

「ほぉ……わしに向かってそんな口を利《き》くのか。では聞こう。今でも重病なのに入院できない患者もいるんだぞ？　君は手術が必要な患者を見捨てるというのか？　ここの患者はただ眠っているだけで健康体なんだろ？」

「そ、それは……………」

よく見たら、白衣を着たふくよかな男性と綾瀬さんが言い争いをしていた。

指差したのが奈々の病室であり、眠っているだけの患者が奈々を示す言葉なのも容易に推測《すいそく》できる。

「あの」

「っ!?　陸くん………」

「ん？　あ～こちらの患者さんの保護者さんでしたね」

「どうも。妹がどうかしましたか？」

男はわざと見下ろすかのように顔を突き出して、口角を少し吊り上げた。

「こちらの患者さんはダンジョン病でしたね？　体を動かせないだけで、ちゃんと成長するという不思議な病気です。しかし、緊急性は殆《ほとん》どありません。それは貴方《あなた》もご存知ですよね？」

ああ……痛い程知っている。そもそも数年前から何度も説明を受けている。

通称【ダンジョン病】。

普通の病気とは違い、体が動かなくなるだけで意識はちゃんとあり、驚くことに何もしなくても体はしっかり成長している。まるで普通に体を動かしているかのように。

他の眠り続ける病気の一番厄介《やっかい》なところは衰弱《すいじゃく》だ。ところが、ダンジョン病はそれらとは違い、食事や栄養を取らず体を鍛《きた》えなくても、ごくごく自然に育つという不思議な病気だ。

なので、ダンジョン病を病《やまい》として見ていない人も多い。この院長もその一人だ。

「この部屋は重病患者のための病室です。一年前、こちらの看護師から一年だけでも入れてくれと頼まれて入れましたが、あれから一年が経ちますのでそろそろ出ていただきたいんです」

全くの初耳だ。この病院に通い始めた頃からよくしてくれた綾瀬さん。一年前、彼女からこの病室に入らないかと提案されて入ることになった。

綾瀬さんに視線を向けると、申し訳なさそうに俯《うつむ》いた。

そうか……俺は知らない間に彼女に迷惑をかけていたみたいだ。

「わかりました。そういうことでしたら、すぐに退院させていただきます」

「ええ。ぜひとも」

「待ってください！　この病室は殆ど使われないじゃないですか！　空いてるなら――」

「財閥《ざいばつ》の息子さんが病気でな。ここに入院することが決まったんだよ」

「っ……！」

「何かね？　重病の患者が優先されるのは当然だろ？」

これ以上綾瀬さんに負担をかけたくない。俺は二人の間に割り込んだ。

「長い間入院させていただき助かりました」

「陸くん!?」

「綾瀬さん。ありがとうございます。もう大丈夫です。後は何とかしますから」

すぐに病室の中に入る。妹の荷物は全くない。服も基本的に患者衣なので下着くらいなものだ。洗濯から着替えまで全部綾瀬さんがやってくれたっけ。

お金を払っていたから当然だと思い込んでいたけど、想像以上に綾瀬さんに助けてもらっていたんだな……いつも応援してくれていたし……もうこれ以上迷惑はかけたくない。

「シホヒメ。悪いが妹の着替えを手伝ってくれないか？　リンも」

「うん」

人型形態に変化したリンとシホヒメに奈々の着替えを任せた。

いつガチャから薬が引けてもいいようにと、服を事前に準備しておいてよかった。

「綾瀬さん。色々助けてくださり本当にありがとうございました」

「ううん。私……陸くんの力になれなくて本当にごめんね？」

「いいえ。綾瀬さんがいてくれて本当によかったです。おかげでリンやシホヒメという仲間もできましたから」

奈々の着替えが終わったので、悲しむ綾瀬さんに別れを告げて病室を後にした。

病院から出ようとした時、綾瀬さんが払っておいた来月分の入院費を持ってきてくれた。

家に帰ってきて、すぐに妹を布団に寝かせる。リンは伝えてくれなかったけど、妹は帰り道何度も謝ってると思う。でもそれは違う。俺が薬を早く引けば済む話だ。

「リン。シホヒメ。お願いがある」

「あい……」

「はい」

「リン曰《いわ》く俺のガチャから妹を治せる薬が出るらしい。だから何が何でもガチャを引き続けたい。二人に力を貸してもらいたいんだ」

「ご主人しゃま……頑張る……」

「枕が欲しいのもあるけど、奈々ちゃんのために頑張る！　お世話は私に任せておいて～！　お兄ちゃんに裸《はだか》を見られたら恥《は》ずかしいと思うから～」

　俺があまり妹の世話をできないのにはそういう理由もある。

　昔から恥ずかしがって怒っていたからな。

「エムくん？　これからどれくらい潜るの？」

「そうだな……朝から夕方まで潜ろうかなと思ってる」

「わかった。でもいいの？　妹さんを一人にすることになるんだけど……」

　実はそれが一番の心配ではある。体を動かせないだけで、意識はあるから一人ぼっちの部屋で過ごすことになる。誰とも接せず寂《さび》しくなるはずだ。

「……」

　シホヒメにお願いして見てもらうようにするべきか……。

その時、チャイムが鳴った。

「待って。エムくん」

「ん？」

「なんか悪い気配を感じるわ。出ない方がいいかも」

「は？」

扉の前で両手を開いて行く手を塞ぐシホヒメ。

こんな時に何やってるんだか。

「リン」

「あい……」

「ひい!?」

リンが棘を伸ばしてシホヒメを刺して麻痺《まひ》させる。

痺《しび》れ具合から前回のような強烈なモノではなさそうだ。

倒れ込むシホヒメを退《ど》かして、玄関口に向かう。

「はい～！」

ドアスコープを覗くとそこにいたのは――

「エ――陸くん？　私だよ！」

「えっ!?　綾瀬さん!?」

もう二度と会えないと思っていた人が立っていた。

急いで扉を開けると、少し息が荒い本物の綾瀬さんだ。

「え、えへへ～」

照れ笑いを見せる。

「どうしてうちに⁉」

「奈々ちゃんのことで困ってると思って。迷惑……かな？」

「迷惑⁉　い、いや、そういうことじゃないんだけど……ひとまず中にどうぞ」

色々ツッコミたいことがあるが、せっかく来てくれたから家の中に入ってもらう。

玄関に入ると、倒れているシホヒメを、まるでゴミを見るような目で見下ろす綾瀬さん。

綾瀬さんってこういう顔もするんだな……。

「彼女は？」

「扉を塞いだからちょっと麻痺させてます」

「ふう～ん――――エーテル」

綾瀬さんの手から出た白い光がシホヒメを包み込む。

目をパッチリと開いたシホヒメが「とぉ～！」と声を上げて跳び上がり、その場に立った。

「えっ⁉　回復魔法⁉」

回復魔法使いは非常に貴重で、探索者から病院まであらゆる分野で人材を欲している。

まさか綾瀬さんが回復魔法を使えるとは思いもしなかった。というか、あの病院に回復魔法使いはいないんじゃなかったっけ？

起き上がったシホヒメが素直に感謝を口にする。

「ありがとう」

「どういたしまして」

奈々を囲んで、みんなで座った。

「陸くんってこれからダンジョンに潜り続けるつもりでしょう？」

「そうですね」

「そうなると奈々ちゃんはずっと一人でしょう？」

「そう……ですね……」

「じゃあ――私を雇《やと》ってくれない？」

「綾瀬さんを!?」

「できれば奈々ちゃんが治るまで見届けたいんだ。彼女がちゃんと笑顔になるその日まで」

「綾瀬さん…………」

思わず涙が溢れる。

彼女には今日まで色んなことを助けてもらった。何一つお返しすることもできていないのに、どうして俺たち兄妹にここまでしてくれるのだろうか。

「私のお給料は出世払いでいいからね！　貯金があるし、しばらく生活には困らないから」

「っ…………ありがとう……ございます」

意地を張っても仕方がない。妹のためにも、彼女の厚意に甘えることにした。

食材はガチャのハズレでたくさん集まるので食費は問題ない。リンのためのソーセージとちょっとした間食やパンくらいなもんだ。

それからいくつかの取り決めを話し合った。

綾瀬さんは毎日朝に来てもらい、俺たちが戻る夜まで妹の世話をしてくれることに。

病院はどうするのかと思ったら、なんと本日付で退職してきたという。

元々あのふくよかな院長が気に入らなくて、財閥の息子もそれほど大した病気ではなかったらしい。それに腹を立てている看護師たちも多くいたそうだ。

食材はガチャでたくさん出るし、最近10連を二回とか引いているので、貯《た》まる一方だ。

「綾瀬さん。帰りの時間大丈夫ですか？」

「ほへ？　大丈夫だよ～！」

外もそろそろ暗くなりかけているが……まぁ帰りは送ればいいか。

それからシホヒメが目を光らせていたガチャを引く。10連を二回。

今回はどちらも最低保証のみで、白カプセルは二つのみ。

一個目は高級鍋セット、二個目はまた帰還の羽根だった。

この結果に当然、シホヒメは絶望に染まって部屋の片隅《かたすみ》で呪詛《じゅそ》を唱《とな》え続けた。

ガチャを引き終えると、外はすっかり暗くなっていた。

「じゃ、私はそろそろ帰るね？　朝にはまた来るから～」

「送ります」

「ありがとう～」

シホヒメを残して、家を出た。

「綾瀬さん」

「里香《りか》――里香って呼んで」

「!?」

「仲間になったんだから、シホヒメみたいに名前で呼んでほしいな……」

「それはまだ心の準備が………」

「そっか、仕方ないね～ふふふっ～」

シホヒメもそうだが、綾瀬さんも綺麗な人でとくに笑顔が可愛らしい。艶《つや》のあるショートの黒髪が綺麗に波を打つ。

彼女はアパートの廊下を歩き始める。

そして――隣の家の前で鞄《かばん》の中から鍵《かぎ》を取り出して、目の前の扉を開けた。

「えっ……？」

「陸くん！　ありがとうね！　また明日～！」

そう言い残して彼女は颯爽《さっそう》と家の中に入った。

そう。

隣の家だ。

…………。

…………。

いやいやいやいや!?　綾瀬さんって隣人だったのかよ！　今まで一度も会ったことないぞ!?

一体どこからツッコんでいいのかわからず、ポカーンとしている俺に、リンがポンポンと優しく頭を叩いた。

「ご主人しゃま……帰ろう…………」

「お、おう…………」

歩いて十歩。

近いな…………。

翌日、朝食の準備を始めると扉の外から人の気配がしたが、チャイムは鳴らない。もしかしたらと思い扉を開けると、綾瀬さんが照れ笑いしながら手を振っていた。

「おはよう～」

「お、おはようございます。どうぞ」

「お邪魔します～」

　今日から毎日私服の綾瀬さんを見ることになるのか。ちょっと新鮮だ。

「朝食食べますか？」

「陸くんの作る朝食!?」

「は、はい。あまり美味《うま》くはないですけど」

「いただくよ！　楽しみにしているね！」

　女性特有の甘い香りがする。シホヒメも初日はいい香りがするんだよな。

　綾瀬さんが部屋の中に入ってシホヒメと挨拶を交わす。二人とも朝から声が暗い。

　朝食を部屋に運ぶと、二人で妹の白い肌《はだ》をタオルで水拭《みずぶ》きしてくれていた。

　テーブルにサンドイッチを並べると、綾瀬さんは目を輝かせる。

　妹の水拭きも終わり、三人でテーブルを囲んだ。

「わあ！　サンドイッチ美味しそう～！」

　満面の笑みで俺が作ったサンドイッチを食べた綾瀬さんは、何度も美味しいと言ってくれた。

　自分が作った料理を誰かが美味しいと言ってくれるのは嬉しい限りだ。

「美味ぢい！」

「ん？　お、おう」

　ちょっと顔が怖いシホヒメがサンドイッチを頬張りながら声を上げた。

　枕が出ないまま今日で三日目だからか、全身から出ていた光も今はなくなっている。

「綾瀬さん。鍵渡しておきます」

　三つ目の最後の鍵を綾瀬さんに渡す。

「う、うん！　だ、大事にするからね？」

　いや、貸すだけだが……ちょっと目が怖いのでこれは言わないでおこう。女性ってみんなこんな感じなのか？　シホヒメも綾瀬さんも似たところが多い。

「では俺たちはダンジョンに向かいます。妹をよろしくお願いします」

「任せておいて！」

「奈々。行ってくるな」

　少しだけ拗《す》ねた感情が伝わってくる。

　一人で待てるのに、綾瀬さんにお願いしたことに怒っているみたいだ。

　拗ねる妹も可愛いなと思いながら、俺はダンジョンに向かった。

◆

　昨日の夜。

陸が綾瀬を送った後の綾瀬の部屋。

「うふふふ…………これで毎日エムくんと一緒にいられる……うふふふ。エムくんのことなら何でも知っているわ。毎日配信を欠かさず見ていたし、今日だって病室の監視カメラで全て見ていたもの……うふふ……これで毎日壁に聴診器を当てなくても済むわね……」

綾瀬は嬉しそうな笑みを浮かべて、ノートパソコンを開いた。

そのモニターには、『【悲報】配信者エム氏が規約違反により配信停止』と、でかでか書かれていた。

スレには面白半分であらぬ疑いをコメントする者から、普段からエムの配信を見て擁護《ようご》する者、全く関係のないことをコメントする者まで現れた。

そんな中、『この配信者って例のブラックスライムを従魔にした配信者だよな?』というコメントには『リン様☆彡』や『リンちゃんまじかわいい』などのコメントが上がり、いいねが数字を伸ばしていた。

さらに『金髪残念美女。ちゃんと眠ったらめちゃ美人』というコメントには『残念美女☆彡』や『シホヒメまじかわいい』などのコメントが付き、いいねが数字を伸ばしている。

「スライムはマスコットだからいいけど……この女はやはり危険ね…………何とか枕を引かせたくないわね…………うふふふ」

綾瀬はマウスを動かして【いいねボタン】にカーソルを合わせる。

そして――灰色《はいいろ》になったいいねボタンを何度もクリックする。

「ふ、ふふふっ……エムくん……エムくんは私がいないとダメだからね？　たくさん応援してあげるからね？　うふふふっ」

数分後、正気に戻った彼女は満足したように笑みを浮かべて立ち上がる。

目から光が消えた彼女は押せないボタンを、数分間にわたり何度もクリックした。

「えへへ……これで今日もエムくんは元気になれたよね？　私の応援のおかげだよね？　毎日私がたくさん応援してあげているからね？」

彼女はふらふらと歩いてソファーに座り込んで、満足したように天井を見上げた。

「えへへ……エムくんは私がいないと本当にダメだね……私が妹ちゃんも守ってあげないとね……うふふふ」

彼女――綾瀬里香は大好きなエムのことを想像しながら満足そうに眠りについた。

五章　試練と過去

「エムくん」

漆黒《しっこく》ダンジョンの入口前で呼び止められた。

「どうした？　シホヒメ」

「十層まで行けば、中魔石が拾えるから、魔物一体で1連が引けるよ？」

「!?」

「私一人では無理だけど、リン様がいるなら何とかなるかも」

「リン！　どうだ!?」

「大丈夫……頑張る……」

その言葉に胸が高鳴る。今でも五層で狩りができれば、毎日10連が二回引ける。そこで探索時間を倍にして10連四回を目指そうとしていた。それがもしかしたら１００連を引けるかもしれない。

「では十層を目指して行こう！」

「お～！」

「あい……」

一気に五層まで行く。と言っても走るとすぐにバテるから急ぎ足で進む。

ダークナーガの槍投《やりな》げを掻《か》い潜り、俺はついに六層に降り立った。

「う、うわあああ!?　シホヒメがいっぱい!?」

「私じゃないよ！」

視界に映る無数の魔物は、長い髪を垂《た》らして壊れた操《あやつ》り人形のようにカクカク動く、まるでずっと眠れなかったシホヒメそっくりだ。

「ここの魔物はダークバンシー。魔法が効《き》きにくいから私はあまり役に立たないかも」

「わかった。リン。頼むぞ」

棘《とげ》を伸ばして刺すと、シホヒメが枕で眠る時と同じく大の字になって倒れた。

「ほら、シホヒメみたいじゃん」

「…………」

ムッとした表情を見るに、魔物と比較されるのは嫌だったみたいだ。

今まで同様にシホヒメと手分けして魔石を回収しながら七層に向かった。

七層に入ると、目の前に魔物が複数いて、リンが棘を伸ばして一瞬で制圧する。

「七層はダークスケルトン。上のダークバンシーとは逆で物理攻撃が効きにくいよ～」

「そ、そうか。リンの攻撃は物理攻撃じゃないのか？」

「物理攻撃のような気もするけど……一撃だね」

リンの棘に当たったダークスケルトンは、その場で崩《くず》れていき、魔石となる。

個々の戦闘力よりも群れで行動していることが脅威《きょうい》になるようだ。

それでもリンにとっては大した脅威ではなく、無数の魔石に変わっていく。

七層を通り抜けて八層に着いた。八層の魔物は黒い狼男《おおかみおとこ》だった。

「ここはダークウェアウルフだね」

見るからに強そうだ。二メートルくらいの強靭《きょうじん》な肉体を持つ狼男。真っ赤な目がこちらに向いたかと思うと一直線に走ってくる。

すかさずリンが棘を伸ばす――――が、当たる直前で狼男が避《よ》けた。

「避けた!?」

俺の目では追えない速度で狼男が懐《ふところ》に飛び込んでくる。

しかし、二つ目の棘の一撃によって、あっさり倒れた。

「ご主人しゃまは……私が……守る……」

「ありがとうな。リン」

それからもリンとシホヒメは連携《れんけい》して狼男を倒しながら奥に進んだ。

俺たちはそのまま八層を抜け、九層に辿《たど》り着いた。

「九層の魔物は――ダークエルフよ」

ダークスケルトン程じゃないが、かなり数が多い。それより気になるのは真っ赤な目と、耳が尖《とが》っていること。それと全員が女体という点。

次の瞬間、俺たちの存在を捕捉したダークエルフたちが、こちらに向けて矢を放った。

「ひい!?」

リンが触手《しょくしゅ》を伸ばして鞭《むち》のようにしならせて、全《すべ》ての矢を叩《たた》き落とす。

「――チェインライトニング!」

シホヒメが放った雷《いかずち》が次々ダークエルフたちを倒した。

「ぷふっ!」

シホヒメが俺を見て笑う。

「どうした?」

「リン様が二手に触手を伸ばしているからツインテールみたいになってるよ?」

「うぐっ……」

確かに左右に長い触手がぶらりと下がっている。きっと俺を一番に助けるためだ。

配信中でもないし、他のパーティーもいなかったので気にすることなく進み――十層への入口を見つけた。

「ここからが本番だな」

「そうだね。油断しないで行こうね」

そして俺たちは十層に降りた。

《ギフト【ガチャ】への試練が開始されます。》

十層に降り立つと、目の前に画面が現れた。ただし、今までの配信画面とは違う。画面の縁《ふち》が真っ赤に染まっているし、作りも違う。

緊急事態のような表示に心臓が跳《は》ね上がるが、俺の意思など関係なく試練は開始された。

俺たちの足下に不思議な魔法陣が展開され――どこかに転送された。

視界に映る世界は、暗い洞窟《どうくつ》からどこまでも続く青い空に切り替わった。

黒に染まった地面はデコボコ一つない綺麗《きれい》な地面だ。人工物かのように。

「エムくん！」

「どうやら俺の試練が始まったらしい。リンもシホヒメもよろしくな！」

どうしてか心の中は冷静で落ち着いている。

「うん！」

シホヒメの返事は聞こえるが――リンの声は聞こえない。

「リン⁉」

頭の上に乗っているはずのいつもの感触がない。手を伸ばしてみても何もない。

その時、前方にあまりにも巨大な魔物のような何かが現れた。

風貌《ふうぼう》は魔女のようで、体《とも》は丸々としたカボチャを何段にも重ねたような姿。

その右手には黒い光が灯っているランタン、左手には鳥かごが一つ。

「リン!?」

「ご主人しゃま……!」

鳥かごの中にはスライム状態のリンが入っており、触手や棘を伸ばすが、不思議と鳥かごから出ることができずにいた。鉄格子《てつごうし》の間にも見えない壁があるようだ。

「見た目は鳥かごだけど、何かの結界《けっかい》かも」

「なるほどな……!」

「それにしても大きいね……どうやって倒したらいいのだろう?」

「そもそもあれは戦うものなのか?」

「言われてみればそうだけど、試練って普通は戦って勝ちなさい系が多い気がするよ?」

俺への試練って一体何なのか。そもそも戦闘系のギフトでもないので、こんな魔物を相手にできるほどの力はない。十層まで来れたのも全てリンのおかげだ。

その時、魔女は口を開いた。

『魔神《まじん》の祝福をもらいし人間よ。我《われ》の断罪を受けるがいい』

魔人？　祝福？　断罪!?

「エムくん！　くるよ！」

魔女の頭部から無数の大きな炎が吐き出される。

「や、やべえええええ！」

俺たちに次々降り注ぐ炎の塊《かたまり》を全力ダッシュで避けていく。

「――アイスバレット！」

シホヒメが氷の魔法を放つ。

魔女に当たるが、あまりにも巨大で、傷一つ付かない。

顔を見るにも見上げる必要があり、首が痛くなるほどに大きい。

左手の鳥かごの中のリンは全力で暴れるが、鳥かごはびくともせず、轟音《ごうおん》だけが周囲に虚《むな》しく響いている。

「エムくん！　試練というからには特殊な倒し方があるのかも！」

特殊な倒し方……？　そもそもどうしてリンだけが鳥かごの中に？

ここまでのリンの力は凄《すさ》まじいものだった。つまり魔女はリンの力を恐れていると言っても過言ではないのかもしれない。

そもそもギフト【ガチャ】への試練と表示されていた。

それを冷静に考えて自分なりの結論を導く。

　ガチャ画面を開いた。
《ポイント：０》
《１連を回す：１００ポイント》
《10＋１連を回す：１０００ポイント》
《１００＋20連を回す：１００００ポイント》
　やはりおかしい。
　その時——
『すげぇ！　エム氏の配信再開かよ〜！』
　えっ……？
　僕の視界を横切るのは、ここ一年間毎日見ていた黒い文字だ。
『エム氏が変なのと戦ってる〜！』
『リン様☆彡　リン様☆彡』
「ちょ、ちょっと待って!?　どうしてコメントが!?」
『緊急配信になっていたぞ？　エム氏が配信したんじゃないのか？』
『試練に挑戦中って書いてあるぞ〜』
　一体何が起きているのか全く理解できない。
　配信は最低でも一週間は停止のはずで、そもそも緊急配信って聞いたこともない。

『そんなことよりも今は目の前の敵に注意しろ！』

我に返って降り注ぐ爆炎を全力ダッシュで避け続ける。

「――――タイダルウェーブ!!」

後方から凄まじい水の波が空を翔《か》けて魔女に直撃した。

巨大な魔女をも飲み込みそうな巨大な波だ。

しかし、右手に持ったランタンの中から、黒い闇《やみ》が溢《あふ》れ出し、瞬《また》く間に波を全て飲み込んだ。

「魔法が吸われた!?　くっ……………エムくん……ごめん……私………………」

強烈な魔法を使った反動なのか、シホヒメがその場に跪《ひざまず》いた。

魔女が放った爆炎は無情にもシホヒメに向かって飛んでいく。

「っ……！」

一瞬奈々《なな》の顔が思い浮かんだ。奈々を助けるために死ぬわけにはいかない。それでも俺は全力でシホヒメに向かって走る。

彼女を連れて逃げる暇《いとま》はなく、彼女の前で両手を広げて炎の塊を受け止める。

「エム……くん？　だ、ダメえええええ！」

「いつも助けてもらってばかりだからな！」

そして、爆炎に包み込まれた――――と思った矢先。

『すげぇええええ！』

『爆炎が画面に吸われて草ｗ』
『ガチャ画面ってそういう使い方もあるのか？　ｗｗ』
いつの間にか爆炎は消え去り、コメントが流れる。
「は？」
《規定の魔女ガチャポイントを確認しました。現在【ガチャ】を1回、使用できます》
《魔女ガチャポイント：１００》
《1連を回す：１００ポイント》
《10＋1連を回す：１０００ポイント》
《１００＋20連を回す：１００００ポイント》
画面のポイント表記が変わっている。何より名前が変わっている。そもそもここまで来るまでに魔石を貯《た》めているので、先程ガチャポイントが0だったこと自体おかしい。
それに本来なら《ガチャポイント》と表記されるはずが、さっきは《ポイント》となっていた。それが炎の塊を吸収した瞬間に《魔女ガチャポイント》と名前が変わった。
「シホヒメ！　無事か！」
「う、うん！　私は問題ないよ！」
「どうやらガチャ画面で魔法を吸ってポイントを貯められるらしい！」
「ガチャ!?」

見なくてもわかる。目がガチャになっているな？

『エム氏。ガチャは配信でしか回せないんだろ？　はようはよう～！』

今は特別処置として引かせてくれているが、普段は配信じゃないとリンが引かせてくれないしな。

「わかった。ひとまず1連を引いてみる」

ボタンを押すと、目の前に現れたガチャ筐体《きょうたい》は――――魔女っ子姿をした筐体だった。

魔女の帽子がこんなにも似合うガチャ筐体があるだろうか？

ハンドルが時計回りに回転すると、中から黒色に輝くガチャカプセルが落ちた。

『ハズレの王。エム氏だな』

『こんな緊迫した状況でも最初はちゃんとハズレを引く配信者の鏡』

『あれ？　リン様がいない……』

『リン様☆彡　リン様☆彡』

最初は一桁《けた》だったリスナーの数が、どんどん増えて五十人を超えている。

「来て間もないリスナーには悪いな！　リンは捕らえられているから、少し待ってくれ！」

『リン様が囚《とら》われの姫となったようだ』

『囚われのスライム？』

『リン様は可愛《かわい》いから姫様でおk～』

『リン様☆彡　リン様☆彡』

　こいつら絶対に楽しんでるだろ！　まあいいけど。

　黒いカプセルが開くと、中から現れたのは小さなナイフだった。

《魔女ガチャからは全て攻撃アイテムがドロップします。》

　そういうことか！

「シホヒメ！　俺は爆炎をガチャ画面に吸収させてガチャを引く！　中から出るのは全部攻撃アイテムらしい！　それで魔女を倒せるかも！」

「わかった！」

『残念美女久しぶりだな』

『しっかり残念美女になっているのが面白《おもしろ》いw』

『配信できないからガチャを引けなかったのでは？』

『いや、今のクマはまだ数日目だ。一回眠ってると思うぜ！』

　そこまでわかるのかよ！　リスナーの分析力《ぶんせきりよく》、本当凄《すご》いな！

「配信停止中はリンが特別に許してくれたんだよ！　次の日に一回出ただけ！」

『残念美女☆彡　残念美女☆彡』

　なぜそこで残念美女コールなんだ……。

　爆炎を次々ガチャ画面に吸収させてポイントを貯めていく。

その間にシホヒメがナイフを投げ込むと、吸い込まれるように魔女に当たる。

大げさなエフェクトが出てすごく痛がり始めた。魔女から見たら小石サイズなのにな。

『めちゃ効いてて草ｗｗｗ』

「シホヒメ！　10連いくぞ！」

「はいっ！　はいっ！　はいっ！」

お前、ほんっとに10連って言葉が大好きすぎるよな。

また魔女っ子筐体が現れてガチャカプセルを十一個落とした。

黒十個と白一個。

『最低保証で草ｗ』

『エム氏。こういう時くらいUR《ウルトラレア》を一発で引くんだぞ？』

うっせぇ！　リンを引くまで一年もかかった俺の運気を舐《な》めるな！

黒いカプセルからは、ナイフ、フォーク、スプーン、銀の箸《はし》が現れた。

すさかず、シホヒメが魔女に投げつける。

最後の白色の中からは――――銀の皿が現れた。

『魔女だから晩餐会《ばんさんかい》から来てるのか？』

なるほど。だから食器ばかりなのか。

シホヒメが銀の皿をブーメランのように投げ込むと、今までとは比較にならないくらい大きな爆発が起きた。

「R《レア》の方が通用するな」

「このまま頑張って引こう〜！」

ガチャを引けてご機嫌になったシホヒメが楽しげに言う。

銀の皿の爆発で倒れた魔女が起き上がって俺を睨《にら》む。

元々怖い目だったけど、より恐ろしい目に変わる。

黒い光の灯るランタンから闇が漏《も》れ出して、魔女を包み込んだ。

すると炎の塊だけを放っていた魔女の攻撃に、黒い刃《やいば》が混じるようになった。

黒い刃もガチャ画面に吸収させようとしたが、爆炎とは違い、黒い刃は画面に吸収されずに通りすぎてきた。

「危ないっ！」

横からシホヒメが飛び込んできて、ギリギリのところで黒い刃を避けることができた。

「し、シホヒメ！　ありがとう！」

「黒い刃は吸収できないっぽい！　気をつけてね！」

「わかった！」

すぐに体勢を整える。

『エム氏とシホヒメがめちゃいい雰囲気《ふんいき》だぞ？』

『そりゃ……ズボンを下ろした仲だしな』

『残念カップル☆彡　残念カップル☆彡』

「残念カップル言うな！」

それにしても今の一撃は危なかった。当たっていたらどうなったことか。

シホヒメの様子を見ると、彼女も当たっていないみたいで本当によかった。

「黒い刃のせいで貯めるのに時間がかかりそう！」

「うん！　また10連を回してRを引いても攻撃アイテムが追加されるだけかもしれないから、今度は１００連を回そうよ！」

『１００連☆彡　１００連☆彡』

「そうだな。気合いを入れて一万ポイント貯めるぞ！」

「お～！」

『エム氏。黒い刃は全て爆炎の後ろから来ているぞ！』

「まじか！　サンキュー！」

こちらに飛んでくる爆炎を正面から受けていたが、後ろに黒い刃があるなら話は別だ。

今度からは爆炎を横から吸収させる。そうすれば後ろから来る黒い刃は避けることができるからだ。

「――――チェインライトニング！」

シホヒメは黒い刃に向かって魔法を撃ってみるが、全く効かなかった。

『あれか。試練だとガチャ産アイテム以外は効かないとか』

「その可能性はあるかもな。シホヒメ！　試しに鳥かごを狙《ねら》ってくれ！」

「あいっ！」

リンが入っている鳥かごを狙って撃つが、やはり効かない。

中では未《いま》だリンが必死に暴れている。あんなに動き回っているリンは初めて見る。相当怒っているのがわかるし、ずっと「ご主人しゃま！」と声を上げている。

「リン！　心配するな！　すぐに助けてやるからな！」

全力で魔女ガチャポイントを集め続ける。

１００連分ともなるとなかなかにしんどく、全身が汗《あせ》まみれになった。

こうなるとわかっていたら、前々から体でも鍛《きた》えておくんだった。

普段からダンジョンに通っているけど、休み休み戦っていたからスタミナのつく鍛錬《たんれん》は行っていない。今はそれが悔《く》やまれる。

へとへとになりながらも、ようやく一万ポイントを集めきった。

「はあはあ……やっと……集まった…………」

「エムくん……ガチャを……！」

「わかった！」

急いで100連を引く。すると虹色《にじいろ》に輝く魔女っ子筐体が現れた。

『UR確定〜！　UR確定〜！』

『確定演出キタァァァァァ！』

『胸アツ！』

ハンドルが回り、ガチャカプセルが落ち始める。

ただ、その間も魔女の攻撃は止まらず、全力で避け続ける。

シホヒメがタイミングを見計らって、落ちたN《ノーマル》のアイテムを投げ続ける。

色んな食器が空を飛んでいくのは少しシュールにも思える。

食器による爆発が起き、魔女が怯《ひる》んだ。

「URがまだ出ないよ〜！」

百個も落ちるからか、虹色カプセルはなかなか落ちない。

その時、魔女が雄《お》たけびを上げた。

全身から禍々《まがまが》しいオーラを放ち始めた魔女は、もはや食器の爆発なんて効かないようで、立ち上がりこちらを睨みつける。

シホヒメからそれなりに離れているので彼女がアイテムを拾うのは問題ない。俺が全力で魔女からの攻撃を避け続ければいいだけだ。

禍々しく変貌《へんぼう》した魔女の攻撃に、新しく黒い槍が追加された。

「っ!?」

浮かんでいた槍が飛んできそうだと思ったタイミングで横に飛ぶと、俺が立っていた場所を槍が通過した。

とてもじゃないが、放たれるのを見てから避けるのは無理な速度だ。

ガチャカプセルが次々に落ちて――――最後に虹色に輝くカプセルが落ちた。

「エムくん！　私にはURは触れられないみたい！」

シホヒメが必死に虹色カプセルに触れようとするが、それができずにいた。

URカプセルを目がけて全力で走り込む。

シホヒメの安全のためにガチャ筐体から離れていたのが仇《あだ》となった。

こちらに飛んでくる黒い槍をギリギリで避けながら、URカプセルまでたどり着いた。

右手に触れたURカプセルが開き始める。

眩《まぶ》しい虹色の光が周囲に広がる中、現れたのは虹色の炎が灯っているトーチだった。オリンピックとかで聖火が灯っているようなトーチだ。

急いでそれを持つ。

「ぬあっ!?　お、重っ!?」

想像よりも何倍も重い。

普通こういうのって軽めになるんじゃないのかよ!?　シホヒメよりも重いんですけど!?

「エムくん！　早く！」

「う、うああああああああああ！」

両手で抱えたトーチを俺は全力で投げ込む。

――――その時、魔女から黒い槍の光が見えた。

黒い槍は一瞬で飛んできて俺を貫《つらぬ》くはずだ。

――――死んだ。そう思ったその時、俺の前に影が現れ、軌道を変えた黒い槍が、俺の足下に突き刺さった。

そして――――柄《え》から穂《ほ》にかけて赤い液体が流れ始めた。

「シホ……ヒメ？」

「エム……くん……大丈夫？」

「っ!?」

「エムくんは……私が守るから……みんなの代わりに…………」

「シホヒメえええええ！　くそがあああああ！　何が試練だ！　リンを悲しませて俺の仲間を傷つけて、こんなものが試練とかふざけるなあああああああ！」

心の底から怒りが沸き上がる。

俺が投げ込んだトーチは、クルクルと回りながら魔女に直撃した。魔女の全身に虹色の炎が引火し、甲高《かんだか》い雄たけびを上げながら魔女が消滅していく。

「シホヒメ！」

「エムくん……ケガはない？」

「ば、ばか！　俺はお前のおかげで無事だ！　傷一つないぞ！」

「そうか……よかった………」

魔女が消えると同時に、シホヒメの腹部を貫いていた黒い槍も消える。

腹部から流れる大量の血液が黒い地面を赤く染めていく。

「志保《しほ》！　待ってろ！　絶対に助けるから！」

「うん……待ってる……えへへ……やっと……名前で……あの時と同じ……」

「シホヒメえええええ！　ちゃんと気を確かに持って！　頼む！　試練とかさっさと終われ！」

試練が終わったらすぐに帰還《きかん》の羽根で外に出て、すぐに病院に駆けつければ……大丈夫。絶対に助け……て……やるから………。

その時、俺の頭に柔らかい感触が伝わる。

「ご主人しゃま。これ」

「っ!?」

リンが両手で大事そうに抱えたのは、虹色に輝いている一枚のチケットだった。

《UR指定チケット：ガチャURの中から好きな物を選べる。》

UR指定チケット……？　URの中から好きな物を選べる？

俺の中に色んな感情がぐちゃぐちゃに広がる。九年間も起き上がることができずにいる奈々の顔が思い浮かんだ。

奈々の病気を治すために俺はここまで来た。喉《のど》から手が出るほど薬が欲しい。

でも…………。

「エムくん……妹さんの……薬…………良かった……ね…………」

シホヒメは最後まで笑顔でそう告げた。

そして、握っていた彼女の手は、力なく俺の手をすり抜けて地面に落ちた。

はは…………ふざけるなよ…………やっとここまでたどり着いたのに、どうしてこんなことになるんだ？　試練？　何が試練だ…………試練なんて……くそくらえだ…………。

「リン。何を選べばいい？」

「アブソリュートポーション……」

「そうか。ありがとうな」

俺はリンを撫《な》でてから、画面の中からそれを選んだ。

目の前の虹色のチケットが消えて、俺の頰《ほお》に涙が流れた。

「…………俺は最低な兄だな。笑ってくれていいぞ」

『笑わねえよ。エム氏の本気。しかと受け取った』

『俺たちはその選択を応援するぞ～』

『よくやったエム氏』

『エム氏☆彡　エム氏☆彡』

俺の周りに大量のコメントが流れる。

今でもこの選択に後悔していないかと聞かれれば、後悔していないと断言するのは難しい。

目の前のシホヒメの頭を優しく撫でる。

世界に眩《まばゆ》い光が溢れ、俺たちがいた不思議な世界も崩れていく。

俺たちの足下に、来た時と同じく魔法陣が現れて――ダンジョン十層にまた引き戻された。

「…………あ……れ？　エム……くん？」

「シホヒメはお寝坊さんだな。おはよう」

「おは……よ……う…………」

シホヒメの目から大粒の涙が流れる。自分に何があったかくらい、頭のいいシホヒメなら容易に想像できるはずだ。

「シホヒメ。悪いな…………シホヒメにこんな重荷を背負わせてしまって」

「ううん……私はエムくんの女だもの。ちゃんと一緒に背負わせて？　…………私、これからも頑張るから」

「…………ありがとう」

横たわるシホヒメを優しく抱きしめた。

◆

試練を終えて、俺たちは家に戻ってきた。

迎えてくれた綾瀬《あやせ》さんの両目が真っ赤に染まっている。

もしかしたら俺たちの配信を見てくれたのかもしれない。

何も言わない綾瀬さんの横を通り抜け、静かに眠っている妹の前に向かう。

「奈々……ごめん…………」

妹の前で土下座《どげざ》をした──シホヒメと共に。

「本当なら奈々の病気を治す薬を選ぶべきだったと思う。九年間も辛《つら》い現状に耐えている奈々のことを考えれば、兄として一番に選ぶべきは薬だ。でも……ごめんな…………俺にはそうすることができなかった」

「ごめんなさい……私のせいで奈々ちゃんの薬を手に入れるチャンスを……なくしてしまって……本当にごめんなさい……本当に……ごめんなさい……」

部屋にシホヒメの涙ぐんだ声が響き渡る。

奈々にどれだけ謝っても許されないと思う。でも今の俺たちができるのは謝ることだけだ。

リンが奈々の頭に飛び移る。

そして、俺にだけ聞こえる声で奈々の言葉を伝えてくれた。

◆

五年前。とある高校の入学式。

誰もが期待を胸に参列するはずの入学式だが、ある男子生徒と女子生徒はそうではなかった。

榊陸《さかきりく》。彼は妹の薬を自身の持つギフト【ガチャ】で引けないか模索《もさく》を続けていた。

ダンジョンに入れるのは成人のみ。今のままでは入れない。だからこそ、学生の身分を最大限利用して生活を送りながら、成人を迎えてダンジョンに潜る決意をした。

一方、如月志保《きさらぎしほ》もダンジョンが現れてから、眠れない毎日に思考が停止しかけた状態で入学を果たしていた。限界がきてようやく眠れるが、それでも熟睡とは程遠かった彼女に正常な学校生活なんて送れるはずもなかった。

二人の高校生活が始まり、そう経《た》たないうちに周りと隔《へだ》たりができた。

そんなある日。普段から静かな場所を好んでいた志保は図書館でぼーっとしていた。

図書委員が嫌そうな表情で、本も開かずただ座っている彼女の前に向かう。

「あ、あの……」

「ほえ……？」

「ここは本を読む場所になっていますので、本を読まれないなら別な場所に…………」

「ほえ………」

「あまりにしつこいと先生を呼びますよ？　もう何回目ですか……はあ……」

「ほえ……」

志保は意識が朦朧《もうろう》とする中、怒られている自覚はあるようでその場を後にしようとした。

その時――

「あの。すみません。俺が呼んだんです」

声を上げたのは――陸であった。

「えっ？」

「ちょっと調べものをしてて、彼女に意見を聞いてもらっていたんです」

「そ、そうだったんですか？」

「ええ。ほら」

そう言いながら陸が見せるのは――ダンジョン攻略本である。

「卒業したら探索者になる予定ですので、彼女に意見を聞いていたんです。彼女も探索者を志《こころざ》していますから」

図書委員は納得いかない表情を浮かべながらも渋々《しぶしぶ》その場を後にした。

志保の隣に座る陸。

「…………ありが……とぉ？」

「大したことじゃない。ゆっくりしていったらいいんじゃないかな」

陸は本を読み始め、志保はまたぼーっとする。

目の下が黒く、目は充血して常《つね》に眠そうに睨む目。さらに目立つのは――――自然な金色の髪。ある意味、周りから見たら異質な女子生徒であった。

「ねえ……怖くないの……？」

「ん？　何がだ？」

「…………私」

「別に。普通じゃねぇ？　色々理由があるんだろ？　理由も知らないのに、他人のことをとやかく言うべきではない」

「……君って強いんだね……名前は？」

「はあ……一応同じクラスだぞ？　――俺は榊陸」

「さかきりく……私は志保」

「知ってるよ。如月さん」

「如月さんじゃない……志保なの……」

その返答に少し困った表情を浮かべた陸が諦《あきら》めたように言った。

「…………志保さん」

「ねえ……何読んでるの？」

「ダンジョン攻略本」

「ダンジョンか……探索者になるの？」

「ああ」

「どうして？」

静かな図書館でも、お互いにしか聞こえない小声で話し合う。

志保の雰囲気から妹の姿を重ねた陸は、素直に理由を話し始めた。

「妹がダンジョン病なんだ。それを治す――あの呪《のろ》いを解くためのアイテムがダンジョンから出るかもしれないから」

「呪い……？」

志保の瞳《ひとみ》に少しだけ光が灯る。

「ああ。ダンジョンはまだ全部が攻略されたわけじゃない。ダンジョンの魔物を倒すとマジックアイテムと呼ばれるものが落ちるらしい。今のところは武器と鎧《よろい》ばかりのようだが、それには特別な力があって、俺は眠り続ける呪いを解呪《かいじゅ》できるアイテムを絶対見つけたいんだ」

「それって……眠れるようになるアイテムも……出るの？」

「眠れるようになるアイテム？　知らないが――この本によると呪いの武具も落ちるらしいぞ。中には握っただけで強烈な眠気を誘う剣もあるってさ」

「っ!? そ、それって本当!?」

「うわあっ!?」

急に大声を出した志保のせいで、静かな図書館に陸の声が響き渡る。

すぐに図書委員に遠くから「お静かに」と怒られる。

「ご、ごめんなさい……」

「いいって。もしかして眠れないのか?」

「…………うん」

「うちの妹とは反対だな。でもこの呪いの剣を手に入れれば、簡単に眠れるかもな」

「!? ――――うん。私、探索者になる」

「そうか。頑張れ」

「うん。頑張る――――りっくんも頑張って」

「り、りっくん!? お、おう…………」

この日を境に彼女が図書館に来ることはなくなった。その理由は、探索者になると決意したからだ。次の日から眠そうな目で今にも倒れそうになりながらも、グラウンドを走り続けた。

それがさらに拍車《はくしゃ》をかけてもはや誰一人彼女に近づこうとする生徒はいなくなった。

それでも彼女は探索者になるための体力作りを三年間繰り返した。

――――ただただ陸から教わったことを信じて。

六章　底辺配信探索者の本懐

「枕ぁあああぁ～!」

シホヒメが絶望に染まった顔で突っ伏す。

試練が終わって数日が経過した。未《いま》だ配信は停止中のままだが、ガチャは引き続けている。

そこで大きな問題が起きた。

試練を突破した時に得たものは何もＵＲ《ウルトラレア》チケットだけではなかった。

《ガチャ試練に突破した恩恵により、排出レア度が上昇しました。》

《レベルが10に達したため、レア度内当たり排出率が上昇しました。》

まずガチャ試練を突破したことで、Ｒ《レア》以上のレア度の排出率が上昇した。それによって、ＵＲが０・０３％、ＳＳＲ《スーパースペシャルレア》が０・３％、ＳＲ《スーパーレア》が０・３％、Ｒが３％、Ｎ《ノーマル》が９６・３７％になった。

ここまでなら枕が出る確率が上昇したので、よかったのだが――――残念ながら俺のレベルが10に達したことでレア度内当たり排出率が上昇した。

Rの中で最もハズレなのが、実は安眠枕だ。

つまり、Rの中で安眠枕だけが排出率を大きく下げられたのだ。

ここ数日でたった一個しか出てないので、シホヒメは毎日絶望している。

「シホヒメ。明日はきっと出るから」

「昨日も聞いた！　同じこと聞いた！」

駄々《だだ》こねる子供かよ！　でも確かにそれも事実だな。

床に倒れて泣いているシホヒメを放置して、俺は綾瀬《あやせ》さんと夕飯を食べる。

家は隣だし、帰り時間もあまり気にする必要がないので、結構遅い時間までいてくれる。

おもむろに綾瀬さんが話し出した。

「陸くん。一つ頼みがあるんだけどいいかな？」

「頼みですか？」

「うん。明日から――――私たちも連れていってほしいんだ」

「いいで…………ええええ!?」

綾瀬さんの頼みなら何でも聞こうと思ったが、まさかの頼みに驚いてしまった。

私たちということは、綾瀬さんだけでなく、奈々《なな》もということだ。

「えっとね。私は回復魔法が使えるし、魔法で援護もできるから、十層でも戦力になると思うの。その方が効率上がるでしょう？」

「確かにそうですけど…………」

綾瀬さんはまだわかるが、そもそも奈々をどうやって連れていくというのか。

「そこで、じゃじゃ～ん。買っておきました！」

そう話しながらベランダのカーテンを開くと、そこに一台の車椅子《いす》があった。

「これなら奈々ちゃんも一緒に行けるでしょう？」

俺は眠っている奈々を見つめた。

気を利《き》かせてくれたリンが、奈々のおでこに触手《しょくしゅ》を当てる。

「お兄ちゃん……私……一緒に行きたい……」

「奈々？　ダンジョンは危険なんだよ？」

「うん……だからこそ……この前みたいに……綾瀬さんがいれば……回復魔法で……」

泣いているシホヒメにはリンの声が聞こえないはずなのに、空気を読んだのか、彼女は座り直した。

「それはそうだが……」

「私……お兄ちゃんの……お荷物になるばかりは……いやぁ…………」

奈々の気持ちがリンの声を通してダイレクトに伝わってくる。

この九年間の生活で一番辛《つら》いのは奈々のはずだ。

毎日家にいて、一人でお留守番だったから。

「わかった。奈々がそこまで言うなら、綾瀬さんと一緒にみんなで行こう」

「うん……！」

奈々も綾瀬さんも嬉《うれ》しそうな笑みを浮かべてくれた。


翌日。朝食を食べてみんなでダンジョンにやってきた。

車椅子に奈々が座り、それを押すのが綾瀬さん。リンには奈々の頭の上に乗ってもらった上に、奈々の腕には以前手に入れた魔法耐性腕輪《うでわ》を装備してあげた。

ダンジョンはデコボコ道だが、綾瀬さんはそれを見越してそういう道でも楽に進める車椅子を購入してくれたようだ。

魔物は相変わらずリンが全部倒してくれるが、五層からは遠距離攻撃も増えるので、俺とシホヒメは綾瀬さんと並んで進む途中で、魔石を拾いに行ったりした。

あっという間に九層を抜けて、以前試練が降りかかった十層にやってきた。

試練の時、腹に大きな穴が開いたシホヒメだが、アブソリュートポーションによって傷も治り、失った血液さえも全《すべ》て回復した。

でも念には念をと、ここ数日は七層でダークスケルトンを主に倒していた。

安眠枕は全然出ないが、毎日帰還《きかん》の羽根が出るので、帰りは一瞬だ。

久しぶりというべきか、初めてというべきか、普通の十層を歩き始めた。

そこに現れたのは、大きな翼を持った中型竜のような魔物だ。

「十層の魔物――ダークワイバーンだよ。火を吹いたりするので気をつけてね！」

「わかった！」

――と言ったものの、残念なことにリンが伸ばした棘《とげ》によってダークワイバーンも一撃で倒れて、今まで見てきた魔石よりも一回り大きな魔石が落ちた。

「やっぱり一撃なんだな」

「そう……だね。さすがリン様だね」

リンの顔がドヤ顔になっている。

落ちた魔石は以前お店で見かけたのと同じ感じの中魔石だ。これは極小魔石の百倍に相当する魔石で、ガチャポイントに変えてみると、一つで１００ポイントも増えた。

「魔石一つで一回ガチャを引ける……だ……と？」

「そう言ったでしょう!?」

シホヒメがドヤ顔で俺を見つめる。ちょっとムカつく。

それからも狩りを続けて魔石をたくさん集めた。

家に帰ってきて、夕飯を食べてから人生初めて１００連を引く。

「１００連～！　ひゃっは～！」

眠れなくなったシホヒメは日を追うごとに豹変《ひょうへん》している。

いつものガチャ筐体《きょうたい》が現れる。

筐体の色は今まで見たこともない赤色の筐体だった。

「「赤色!?」」

俺と綾瀬さんの驚きの声が被《かぶ》った。

10連は白が確定だった。つまり、100連は赤が確定だったりするのか!?

恐る恐る手を伸ばしてハンドルに触れると、時計回りで回転し筐体口からガチャカプセルがとめどなく出てきた。

大半が黒いカプセルだが、時々白いカプセルも混ざっている。

「枕ぁあああ〜！」

白いカプセルが出る度にシホヒメが興奮《こうふん》して飛び上がる。

百個目まで黒が九十七個、白が三個だった。

そしてボーナス分の百一個目以降、白いカプセルがなんと十九個も出てきた。そして、最後に出てきたのは、赤いカプセルだ。

「シホヒメ……？」

「…………」

返事がない。まるで屍《しかばね》のようだ。

彼女の顔を覗《のぞ》くと、口をパクパクさせている。興奮が頂点に達したらしい。

「開けるぞ～」

反応がないので白いカプセルを一つずつ開けていく。

出てくるのは大半が鍋《なべ》セットなどの食べ物、そして俺は年齢的に飲めない酒類だった。

残り三つ。

開いたカプセルからは――念願の安眠枕が出てきた。

シホヒメはビクッとするが、でも動かない。

残り二つ。

またもや安眠枕が出た。

最後の赤いカプセル。

カプセルに触れると中から現れたのは――刀身《とうしん》が燃えている剣だった。

ゲームでよく見かける長剣で、刀身は赤く、炎が上がっている。

手を伸ばして柄《つか》に触れてみると、炎の熱さは全く感じられず、手を近づけてみても熱くなかった。

《爆炎剣：炎属性の剣。耐久度は自動回復する。》

「剣が出たね？」

「そうですね。炎属性の剣としか書かれてませんが、武器としてはいいかもしれません」

なによりガチャ袋で持ち運びができるので、気にならない。

シホヒメは嬉しさのあまり床に倒れてビクビクしていた。

「綾瀬さん。シホヒメをよろしくお願いします。俺は鍋の準備をしますね」

「任せておいて～」

テーブルにいつものカセットコンロと鍋をセットして、高級鍋セットで夕食を作る。

「シホヒメ～いい加減にしないと枕はやらないぞ～ちゃんとご飯食べて風呂入らないと」

「あいっ！」

枕のこととなると、聞き分けのいい子供みたいになるな。

シホヒメのためにも食事から風呂まで早めに終わらせて、早々に眠らせてあげた。

自分の布団《ふとん》の中でスヤスヤ眠るシホヒメを見ると、どこか幸せな気分になる。

綾瀬さんも家に送り、奈々とリンと三人になった。

リンが触手を伸ばして俺と奈々を繋《つな》いでくれる。

「奈々。今日はどうだった？」

「心配……だったよ……」

「そっか。でも大丈夫だっただろ？　リンも強いし、シホヒメもああ見えてダンジョンでは心強い味方だっただろ？」

「うん……みんな……すごかった…………」

奈々はそれ以上言わないけど、俺たちに対して申し訳ないという気持ちが伝わってきた。

「奈々。起きたら一番何がしたいんだ？」

「えと……？」

「一度ならず、二度もURに届いたんだ。奈々を治せる薬は絶対に手に入る。だから奈々も病気が治ったら何がしたいか考えておいたらいいと思ってな」

「うん……したいこと……お兄ちゃんと……一緒に………遊園地……行きたいな……」

「遊園地か！　いいね。俺も奈々と行ってみたいと思ってたよ。絶対に行こうな」

「あい……」

ダンジョンが現れて奈々が眠りにつくまでの八年間、俺たちは親戚《しんせき》の家をたらい回しにされていた。両親が早くに事故で亡くなってしまったからだ。

俺たち兄妹に遊園地なんて行ける余裕などあるはずもなく、生きるのに必死だった。

だからこそ、妹が起きた暁《あかつき》にはやりたいことをやらせてあげたいと思う。

ダンジョン病だけじゃなく、ずっと苦しい思いをしてきたからこそだ。

「明日も早いし、寝ようか」

「あい……おやすみ……お兄ちゃん……」

奈々とリンの頭を優しく撫《な》でて俺も眠りについた。

次の日。

「おっはよ～！」

元気のいい挨拶《あいさつ》と共に、光り輝く眩《まばゆ》いシホヒメがいた。

「初日は本当に眩《まぶ》しいな。何かの魔法か？」

「違うよ？　シホヒメは元々こうだよ？」

キラーン☆　じゃないわ！

その時、俺のスマホにお知らせが届いた。

基本的に運営からのお知らせだけ届くようにしている。

急いで開いてみると、『本日より配信停止の解除となります。規約を守って正しい配信を心がけてください。コネクト運営より』と書かれていた。

「やっとか……！　今日から配信ができるようになった！」

「わあ！　おめでとう～！　エムくん」

シホヒメにそれを言われると色々複雑だがな！

綾瀬さんも来てくれて、事情を説明して緊急作戦会議を開いた。

「そっか……配信なら私は問題ないよ！」

「えっ？　顔出しに……なりますよ？」

俺は配信探索者だから顔出しは気にならなくなったが、一般人の大半は顔出しを嫌う。

たとえモザイクがかかるとしても、カメラに映るとなるとみんないい顔はしない。

「私もエムくんのパーティーメンバーだし、それくらい気にしないわよ。むしろ、私たちだけまた仲間から外される方が嫌かな？」

「そこまで言うなら……いいですけど、奈々もそれでいいんだな？」

「うん……私も……お兄ちゃんの妹として……頑張る……」

「わかった。なら二人のペンネームを決めないといけないな」

「じゃあ、私はリカでいいかな！」

「却下」

「…………」

「綾瀬さんだからアヤさんでいいんじゃない～？」

「シホヒメの提案でいきます」

「え～リカがいいのに……」

下の名前で呼ばせる気満々だな⁉

「私は……どうしよう……」

「奈々ちゃんはナナちゃんでいいんじゃないかな～可愛《かわい》いし」

「それは認める。可愛いからな」

「え～⁉　私はダメだったのに⁉」

奈々は特別だからな！

こうして通り名が決まり、配信の予約を済ませた。

「はいはい～私からもう一つ提案があります～！」

「ん？　どうした？　シホヒメ」

「えっとね。せっかくの復活配信だから、特別な配信にしようよ！」

「特別な配信？」

天使のような笑みを浮かべたシホヒメ。初日はさすがに可愛すぎる。

「せっかくだから十層の奥にいるフロアボスに挑戦しない？　リン様もいることだし」

「そういや、ダンジョンの最奥《さいおう》ではフロアボスが現れるんだっけ」

「うん！　漆黒《しっこく》ダンジョンは階層が少ない方だけど、深層の魔物は強いと有名だからね」

へぇ。一層の魔物が弱すぎて人気がないのと、五層から下の魔物は強すぎて人気がないってのは聞いていたけど、実はその良さもあったんだな。

「わかった。せっかくだからそうしようか」

シホヒメの提案通り、俺たちは配信前にダンジョン最奥を目指すことにした。

配信予約時間よりも早くにダンジョンに来て、一層から一気に十層まで進む。

もちろん魔石は大事なので、全て拾いながら進んだ。

《配信が開始されます。》

《視聴者数：２１８３》

なんだか久しぶりの画面に安心感を覚える。

『エム氏、復活おめでとう～！』

『パンツ出し配信者復活おめでとう～！』

「パンツ出し配信者はやめろぉおお！」

『リン様☆彡　リン様☆彡』

『残念美女☆彡　残念美女☆彡』

復活ということもあり、嬉しいことに読み切れないほど多くのコメントが流れる。

開幕から見てくれるリスナーがこんなにいる。過去最多だ。

「今日は配信復活ということで、停止中にあったことを手短に話すよ。まず、パーティーメンバーが加わった。こちらの二人だ」

奈々を乗せた車椅子を押して綾瀬さんが前に出る。

「初めまして～新しくメンバーになったアヤで～す！」

『美女キタァァァ～！』

『服装からして看護師っぽい！』

「もう辞めましたけど、元看護師で合ってますよ～」

『エム氏は毎晩看護師さんに優しくされている模様です☆彡』

『『『ギルティ』』』

「落ち着け！　俺とアヤさんはそんな関係じゃねぇ！　それとここに座っている子は——

俺の妹のナナだ」

『美少女キタァァァァ！』

『やべ……リン様に並ぶくらい可愛いんだけど』

『あの冴《さ》えないエム氏と同じ血……？』

「正真正銘《しょうしんしょうめい》の実妹だよ！　どうだ！　めちゃくちゃ可愛いだろ！」

くっくっくっ。妹の可愛さに驚いてる姿が目に浮かぶぜ！

『ん？　ダンジョン病？』

「あ、ああ。妹はダンジョン病なんだ。いつもは家にいるんだけど、この前の緊急配信の試練で色々あったじゃん？　それで回復魔法が使えるアヤさんに同行してもらうことになったんだ」

ダンジョンを降りながら回復魔法が使えることを発表してもいいと許可はもらっている。

国内でも貴重な回復魔法使いだが、いつもリンが近くにいるので、守りは十分なはずだ。

『回復魔法使いで元看護師とか……アヤさんの属性最高すぎる！』

『俺……アヤさん推《お》しになりそう……』

『看護師☆彡　看護師☆彡』

「ふふっ。でも私はエムくんのものですから〜」

「シホヒメみたいなこと言うな〜！」

ビクッとなったシホヒメが割り込んでくる。

「キラーン☆」

「ややこしくなるから次いくぞ。次は、通っていたダンジョンの十層を回れるようになってな。もちろんリンの力で。そこで配信復活ってことで、初めてこの十層の奥でフロアボス戦に挑戦してみようと思う！」

『『『８８８８８８８』』』

コメントに拍手《はくしゅ》を意味する数字８がたくさん並ぶ。

「この前は予期してなかったけど、今回はしっかり準備してきたから楽しんでくれ」

『あのエム氏が……頼りがいがある……だと？』

「全てリンのおかげだけどな」

『リン様☆彡　最強☆彡』

「ああ。うちのリンは最強で可愛いしな。一応戦いの最中はナナの守りだ」

『えっ……？　じゃあエム氏はどうするんだ？　リン様がいなきゃただの無能じゃん』

なかなか痛いところを突くな……。

「そのための準備だから、楽しみにしていてくれ」

眠っている奈々の頭の上に乗っているリン。

世界一可愛い奈々とリンが一緒になると、とんでもない癒《い》やしになるな。

『神々《こうごう》しい……ナナちゃんとリン様のコラボは最高だ……』

『エム氏の配信がこんなにも輝いて見えるなんて』

「し、シホヒメもいるから！　キラーン☆」

『邪魔だ！　退《ど》け！』

『残念美女のせいで全然見えないんだけど！　俺らの癒やしを返せ～！』

コメントに負けじと、アイドルみたいなポーズを取り続けるシホヒメ。

シホヒメとリスナーの醜《みにく》い争いが終わり、俺たちは十層を進み、フロアボスの部屋の前にやってきた。

いつもなら下層に繋がる、洞窟《どうくつ》の階段があるところだが、一体どうなっているのか、大きな銀色の扉が洞窟の真ん中にポツンと立っていた。

後ろが壁じゃないので非常に違和感を覚えるが、扉を開くと不思議な世界へ繋がっていた。

入ってみると、周りの景色は夜の砂漠だった。

少し冷える感覚と、砂を踏む感触。夜だけど雲一つなく、満月の月が照らしてくれるので、明かりは十分だ。

砂漠に入って扉を閉めると、地面が揺れ始めた。

直後、砂の山の中から巨大な――――蛇《へび》が現れた。

「サンドワーム！　体が大きくて勢いがあるから非常に強力な相手だよ！」

「わかった！」

「――――アイスジャベリン！」

氷の槍《やり》が放たれ直撃する。痛みを感じたからかサンドワームが激しい動きをみせると、砂の波が広がった。

「アヤさん！」

「任せておいて！　――――バリア！」

綾瀬さんと奈々を囲む淡い水色の球体のバリアが張られ、砂の波を簡単に防いだ。

俺はシホヒメを援護するためにサンドワームの根元に向かって走り込んだ。

出てきた体は根元を中心に激しく動いているが、砂に埋まっている部分は固定されているようだ。

魔法に釣られてシホヒメに攻撃が向いた時、後ろから一直線に飛び込んだリンの体当たりによって、サンドワームの大きな体はくの字になった。

サンドワームがそのまま倒れ込んだため、凄《すさ》まじい爆風が吹き荒れる。

俺は急いで爆炎剣をガチャ袋から取り出して、砂に突き刺して爆風を耐え凌《しの》ぐ。

空に無数の氷の槍が現れて、一斉《いっせい》にサンドワームの体に突き刺さった。

俺もすぐさま駆けつけて、体の根元部分を全力で斬《き》りつける。

肉を斬る生々《なまなま》しい感触が柄から手に伝わってきた。すると、斬った先から炎が燃え始めた。

斬っただけでこんなに簡単に引火するのか？　これも爆炎剣の特性なのか？

考えるのはあとにして、いまはこの力を信じて、全力で斬りつける。

サンドワームは激しく暴れようとするが、上空に高く跳《と》んだリンが無数の触手を鞭《むち》のようにして叩《たた》きつけた。

触手一本一本の強烈な打撃音が響く中、シホヒメも負けじと氷魔法を放つ。

俺もサンドワームが暴れて襲《おそ》ってくる爆風は砂に剣を突き刺して耐え凌ぎながら、隙《すき》があれば何度も斬りつけてその大きな体に炎を引火させていく。

「エムくん！　一瞬麻痺《まひ》させるよ～！　――――チェインライトニング！」

シホヒメから放たれた雷《いかずち》魔法が直撃すると、ビリビリと一瞬、サンドワームの動きが止まった。

俺は爆炎剣をサンドワームの体に突き刺した。そして――――そのまま全力で走り込む。

サンドワームの巨大な体を一周するつもりで斬りつけて体の根元から引火させれば、より大きなダメージが与えられると思ったからだ。

走っている間にもリンとシホヒメの援護は続いて、時々暴れるサンドワームだが、その体に剣を刺しているので吹き飛ばされずに済んだ。

ただ、何度かサンドワームの体に自分の体をぶつけてしまい、あっちこっちが痛む。

それでもどうしてだろう。いつも弱気でダークラビットすら倒すのに時間がかかるのに、今の俺は自分でも信じられないくらい心から勇気が出ている。

ふと、バリアに守られている奈々の姿が目に入った。

ああ……そうか……俺がこんなに本気になれたのは、妹が見ていてくれるからだ。

ダンジョンに入る一番の理由は、妹を助けるため。だからこそ、全力で戦えるし、必死になれる。誰に何と言われても、弱くてダサいと言われたとしても、全力で頑張れる！

「ご主人しゃま……守る……！」

「エムくん！　もう少しだよ！」

二人の声が届いて、俺の背中を押してくれる。

「うあああああああああああ！」

自分でも驚くくらい、大きな声を出しながら走り続ける。

斬りつけた部位からどんどん大きな炎が上がり、サンドワームの体を飲み込み始めている。

無我夢中で走っていると、どこからか――――妹の優しい「頑張ってお兄ちゃん！」の声が聞こえた気がした。

そして、俺はサンドワームの体を一周することに成功した。

サンドワームは痛みで暴れまくるが、その動きは段々と弱くなっていく。

「ご主人しゃま……一緒に……トドメ……」

「わかった！」

空から降ってきたリンが俺の背中に付着する。

触手を伸ばして俺の体ごと一緒に空高く跳び上がった。

リンの十本の触手が大きなドリルのようになり、俺の爆炎剣と一緒に急降下しながら刺しこんでサンドワームにトドメを刺した。

魔物は倒されると粒子《りゅうし》化して消える。それで倒せたかどうかを知ることができるのだ。

俺とリンでトドメを刺したサンドワームの巨体は、色とりどりの光の粒子となり、月明かりの空に舞い上がっていった。

その景色はとても神秘的で、俺たちの勝利を祝ってくれるかのようだった。

『『『８８８８８８８』』』

『エム氏の戦い、痺《しび》れたぞ！』

『めちゃ感動した！』

『リン様も残念美女も頑張ったけど、エム氏最高だったぞ～！』

『エム氏☆彡　エム氏☆彡』

『まじでかっこよかった!!』

勝利を祝ってくれるコメントが無数に流れる。

あはは……ここにたどり着けた理由を一つ忘れてしまってたな。ここまでリスナーたちが応援してくれなかったら今の俺はない。誰よりも支えてくれるリスナーたちがいてくれたおかげだ。

「みんな。ありがとうな！　リンもシホヒメもアヤさんもナナも、みんな！　ありがとう！」

心からそう言いたかった。

それがまた嬉しくて、胸の奥から込み上げるものがあった。

――その時。

俺の前に大きな宝箱が出現した。

「宝……箱？」

シホヒメたちも集まってきた。

「おめでとう。エムくん。フロアボスを倒すと稀《まれ》に宝箱が出て、中からレアな装備が現れるんだよ？　ダンジョンで武器が拾えると言ったでしょう？　それがこの宝箱から出るの。宝箱は必ず出現するわけじゃないから、すごく運がよかったね！」

『宝箱キタァァァァ！』

『配信で宝箱見たの久しぶりだな』

『エム氏パーティーおめでとう〜！』

「さあ、リーダー！　開いてみようよ！」

「あ、ああ」

俺は恐る恐る手を伸ばして宝箱を開く。それと同時に頭の中に不思議な声が流れ、目の前に画面が現れた。


《初宝箱開放により、ギフト【ガチャ】が発動。宝箱を【UR指定チケット】に変更します。》

宝箱が虹色《にじいろ》に輝き、段々と姿を変えて、小さな光となり、キラリと光ると一枚の紙になった。

ふわりふわりと俺の手元に降りてくる紙を、俺は頭が真っ白なまま受け取った。

「え、エムくん！　それ！　UR指定チケット！」

「え……あ……へ？」

『UR指定チケット!?　確定演出キタァァァァ！』

『そういや、前回の緊急配信でもそれだったな！』

『すげぇ〜！　連続URチケットかよ！』

無数のコメントが流れるが、俺は理解できないまま、手の中の虹色のチケットを見続けた。

「エムくん！　息して！」

綾瀬さんの声に驚いて、自分が息すらしていなかったことに気づいた。

「ゲホゲホッ！」

震える手の中のチケットと、奈々の顔を俺は交互に見つめた。

求め続けていた奈々の病気を治せる薬。

それがガチャのURから出るとリンに教えてもらってから、俺は希望を胸に頑張ってきた。

前回は俺を助けてくれたシホヒメを救うためにポーションに変えた。

それが今回なら…………。

「リン……？　な、何を……え、選べば……い、い、いいんだ？」

「ご主人しゃま……エリクシール……だよ……」

「エリクシール……」

俺はUR指定チケットをガチャ画面に入れた。

前回同様、URの中から好きなものを選べる画面が現れる。

その中から慎重に【エリクシール】を探す。

「あ、あった……」

震える手で押そうとするけど、あまりにも震えすぎて上手《うま》く押せそうにない。

その時、俺の右手に温かな感触が伝わった。

「エムくん。ナナちゃん。前回は私を助けてくれて本当にありがとうね？　これからは私も力になりたいから」
俺の震える右手をシホヒメは両手で包み込んで、一緒に【エリクシール】を選択した。
《UR【エリクシール】でよろしいですか？》

もちろん――――【はい】だ。
俺の前に淡い水色の光が現れて、一本の瓶《びん》に変わった。
俺は薬を大事に抱えて、奈々のもとに歩き出す。
『そうか。エム氏がガチャを回し続けてた理由って妹さんの病気のためだったのか』
『ダンジョン病って未だ薬がないんでしょう？』
『九年間もずっと探し続けていた薬だもんな。そりゃ……そんな泣くわな』
コメントに気づかされた。いま俺の頰《ほお》には大きな涙が流れているんだな。
「エムくん。頑張れ。あと少しだよ」
「エムくん。ナナちゃんはここにいるから。ゆっくりで大丈夫だよ」
眠っている奈々の口元に瓶を傾ける。
中に入っている綺麗《きれい》な青色の液体が一滴、奈々の口元に落とされた。
奈々の口から光が広がり、全身が虹色の光に包み込まれる。

「奈々……？」
恐る恐る妹の名前を呼んだ。
でも反応はない。
「奈々……？」
また妹の名前を呼んだ。
その時──奈々の瞼《まぶた》が一瞬動いた気がした。
急いで妹の手を握りしめる。
温かい。ずっと眠っていても妹は元気に生きている。
リンに会うまでもずっと信じていたし、リンが伝えてくれた妹の声は本物だ。
だからこそ、一度だけでいい……また奈々の声を……聞かせて……ほしい…………。
握った手が少し動く感触があった。
そして──

「お……兄……」

「奈々あああああ！」
俺は眠っている奈々に抱きついた。

温かい感触と息遣《いきづか》い。でもそれだけじゃない。

「お兄……ちゃん？」

奈々の声が俺の耳に届いた。

「お兄ちゃん……ごめんね？」

あはは……どこまでも奈々は奈々なんだな。

「奈々……遅くなってごめんな……起きてくれて……本当にありがとう」

「ううん……私こそ……ずっと…………ありがとう」

俺はもう一度妹を力強く抱きしめた。

エピローグ

数年ぶりに妹と手を繋《つな》いで歩く。夢にまで見た光景だ。

ここまで支えてくれたリスナーたちから祝いのコメントをたくさんもらい、俺も妹と一緒に今まで支えてくれたことに感謝して何度も礼をした。

俺の右手に握られた小さな手が温かくて、ずっと顔が緩《ゆる》んでしまうくらい嬉《うれ》しい。

配信を終えて、ダンジョンの外に出ると、以前配信停止日に出会った最上位探索者パーティーの面々がいた。

「え、エム殿ぉおおおおお！」

「う、うわあ!?　な、何ですか!?」

「今日のエム殿の配信。本当に感動しましたああああ！」

残念イケメンくんはポロポロと涙を流しながら、俺と妹を祝ってくれた。

最初会った時はいけ好かない男かなと思ったけど、根が真面目《まじめ》そうでよかった。

彼の仲間たちも「とても感動したわよ！」と言ってくれたり、妹と握手を交わした。

「お兄ちゃん？　今日お祝いパーティーするんだよね？」

「うむ！　奈々《なな》のお祝いだからな！」

「じゃあ、みなさんも誘っていいかな？」

「ん？　彼らを？　たしか、ディンさんでしたね」

「僕はいいですとも！　むしろ誘っていただき光栄です。お嬢ちゃん」

貴族風挨拶《あいさつ》で妹の手を取り、手の甲《こう》にキスをしようとするディン。

急いで止めようとしたその時、後ろにいたもう一人の男性仲間がディンさんの頭を摑《つか》んだ。

「ディン。女性にいきなりそれは失礼だよ！」

「そ、そっか。これはダメだったんだな。失礼した」

ふう……仲間はまともなようでよかった。

「女性にするなら、俺にしろ！」

「これは女性にするべきではないのか？　以前ヤオが貸してくれた本にはそう書かれてたぞ？」

……いや、聞かなかったことにする。

それからみんなでスーパーにやってきた。

さすがディンさんたちは有名人らしく、多くの人たちが手を振っていて、それにしっかり応《こた》えるのも有名人らしいなと思えた。

俺たちはその隙《すき》にパーティーの料理をたくさん買い込む。

途中でリンのソーセージを買いにソーセージ売場にやってきた。

「リン。今日は一番高いソーセージにしようか？」

「やぁ……そっちじゃない……」

「またこっち？　せっかくだから一番いいの買ったら？」

「やぁ……」

するとリンが人型に変化した。

「あら、リンちゃんが人型なんて珍《めずら》しいわね」

「ご主人しゃまが私のソーセージを買ってくれなくて……♡」

「奈々ちゃんから聞いたけど、これが好きなんだって？　どうしてこれが好きなの？」

「うふ♡　聞きたい？」

リンが綾瀬《あやせ》さんに何かを耳打ちした。

すると二人の視線が俺に向く。ただし、俺の上ではなく下に。

まさか……リンが欲しがってるソーセージって……。

「私、実はこのソーセージ大好きなの。エムくん。もっと買っていいよね？」

この一連の流れは俺の頭から抹消《まっしょう》することにするよ。

買い物を終えて、家の前に着くと、白騎士の元仲間の二人が魔石が入った大量の段ボールを扉の前に置いて待っていてくれた。

「あら、二人とも久しぶりね」

「「シホヒメ様！　魔石でございます！」」

「うん。よくやった。帰っていいよ」

「「はいっ！」」

「待てっ～！」

ガチャ袋からスリッパを取り出して優しくシホヒメの頭を叩《たた》く。ポンといい音が鳴った。

「せっかくならあんたたちも食事していきなよ。今日は妹のお祝いの日だから」

「うおおお！　エムくん！　ありがとう！」

「さすがシホヒメ様が見込んだエムくんだ！」

俺の手を二人がそれぞれ両手で握ってブンブン上下させた。

俺、奈々、シホヒメ、綾瀬さん、ディン、ヤオ、マホたん、リリナ、白騎士の元仲間二人の計十人で家に入る。

一人暮らしの家だから随分《ずいぶん》と狭くなった。

あまりにもパンパンだが、白騎士の元仲間二人はキッチンで食べることに。ちなみに「シホヒメ様と同じ部屋には入れない！」とのことだ。

買ってきた食材とガチャ産食材を色々出して料理を作り続けた。

「お兄ちゃん～私が運ぶ～」

「っ⁉　奈々。今日は奈々が主役なんだからゆっくりしてていいんだぞ」

「いいの。お兄ちゃんが作ってくれた料理をずっと運びたかったの。お兄ちゃんが言ったでしょう？　起きたらやりたいこと考えておくように〜って」

「奈々……」

満面の笑みを浮かべた奈々は、俺が作った料理をみんなのところに運んだ。

本当はシホヒメと綾瀬さんが手伝おうとしたのに、奈々がわがままを言ったようだ。

それから大量の料理を作り、俺も宴会に混ざり楽しい一日を過ごした。

R《レア》のハズレの一つに酒があるのだが、俺はまだ二十歳《はたち》を越えていないので飲めない。酒を欲しがっていた大人組に渡すとものすごく美味《おい》しいということだった。

いつか二十歳になったら俺も飲んでみたいと思う。

宴会は夜遅くまで続いたが、女性陣は全員綾瀬さんの家で眠り、うちには男性陣とリンだけになった。

リンはそもそも引っ張っても取れず、奈々でも引き剝《は》がせなかった。

次の日、起き上がった男性陣は意外にも部屋の掃除を率先《そっせん》して行ってくれた。

女性陣も帰ってきたので、作っておいた朝食サンドイッチをみんなで食べて解散となった。

「お兄ちゃん？」

「ん？　どうしたんだい？　奈々」

「どうして出る準備をしないの？」

「ん？　出る？　どこに？」

「えっ？　ダンジョンに行くんでしょう？」

「えっ？　ダンジョンに行くのか？」

　奈々と目が合ってお互いに頭の上にはてなマークが飛び交《か》う。

「お兄ちゃん。まさかもうダンジョンに行かないつもりなの？」

「えっ？　いや、そういうことはないけど、配信する必要もないし、ゆっくりでいいかなって」

「お兄ちゃん！」

「ど、どうしたんだ!?」

　急に奈々が怒りだした。

「ここまで支えてくれた人は誰？　お兄ちゃんの配信を見てくれたリスナーさんたちでしょう！」

「そ、それはそうだな……」

「お兄ちゃんがずっと頑張ってくれたのは知ってるよ？　でもね？　毎日お兄ちゃんの配信を楽しみに待っていてくれたリスナーさんたちがいたからこそ、私は目覚めることができたんだからっ！　だからね？　これからは、みんなのために、私も頑張りたいの。お兄ちゃんと一緒に！」

な、奈々っ……！

「私も行く～！」

「シホヒメは枕が欲しいだけだろ？」

「てへっ！」

安眠枕がないと眠れないシホヒメには死活問題だもんな。

「私も仲間外れにしないでよ～」

「綾瀬さん……職場には戻らなくていいんですか？」

「ふふっ。エムくんが出世払いしてくれるし、生活も全く困ってないし、何より、エムくんには私が必要だと思うから！」

いつもの優しい目というより、何だか欲望に染まった目のような気が……。

でも綾瀬さんにもずっとお世話になっているし、ずっと支えてくれたからここまで来れた。

妹も懐《なつ》いているし、綾瀬さんがいてくれたら俺もすごく安心だ。

「そういうことなので、お兄ちゃん？　すぐに配信に向かうの～！」

妹の病気を治すため、生き続けるため、俺は一年間毎日ダンジョンに通った。

辛《つら》いと思ったことは一度もない。毎日クタクタになりながらも妹の辛さに比べれば、大したことではなかったので、毎日頑張れた。

その結果、眠り続けていた妹は、天使のような笑みを浮かべて、今度は俺の手を引く。そして、目的は変わったが、もう何度目かもわからないダンジョンでの配信が――

《配信が開始されます。》

あとがき

第4回集英社WEB小説大賞にて金賞を受賞した御峰《おみね》。と申します。

まず初めに、当作品を手に取り最後まで読んでいただき、心より感謝申し上げます。

当作品はどうでしたか？　皆様の記憶に残る作品になったのなら非常に嬉《うれ》しく思います。

普段は異世界ファンタジーを主に書いているのですが、チャレンジも含めてダンジョン配信モノに挑戦した作品になります。

いろいろ至《いた》らない部分も多いと思いますが、エムやシホヒメ、ナナたちの冒険は書いていてとても楽しくも、ときおり涙を流しながら書いておりました。

昔は私も二〇〇コ動画を楽しく視聴していた側なので、配信といえば！　という感覚もあり、エムくんたちの世界にはあの頃の懐《なつ》かしさも表現できたらなと思ってました……け、けっして古……ゲフンゲフン。

「小説家になろう」のコンテストページにて受賞コメントでも書かせていただきましたが、当作品に入賞連絡がきたときは、本当に驚いて一日中ニヤケていましたが、後日金賞であると連絡がきたときは、あまりにも驚きすぎて、人間って驚くとその場で立ち上がろうとするけど立ち上がれないんですね。見事に椅子《いす》ごと倒れて家族に心配されました（ケガなく椅子も壊れなくて本当によかった……）

私もここ数年は毎日小説を書いているだけの生活が続いており、あまりよろしくないお肉が付いてしまうことに悩んでしまって、遂《つい》にランニングマシンなる物を購入してしまいました。

設置場所は二階になるため、玄関から二階に運ぼうとしたら、ランニングマシンって五十キロはあり、とてもじゃないけど一人で運ぶのが厳しくて一人で絶望してランニングマシンの箱の前で四つん這《ば》いになってました。（のちに家族と力を合わせて二階に運びましたが、見事に後日腕の筋肉痛になりました）

今ではランニングマシンの前に余って使い道に困っていたテレビを設置してアニメを視聴しながらウォーキングをするようになってます。ウォーキングを。大事なことなので二回（ｒｙ

ラノベを堪能《たんのう》する皆さんもきっとアニメも楽しんでくださってることだと思います。

昔はＤＶＤとなるものを借りるしかなくて、レンタルショップで数時間物色《ぶっしょく》していた頃があって、懐かしいなと思いながら、最近はサブスクリプションで手軽に見れることに幸せを覚えております。

と、当作品を書いていると色々懐かしいことがたくさんあり、あとがきにもそう言った思い出（？）を綴《つづ》ってみました。

最後になりますが、当作品を手に取っていただき、本当にありがとうございます！

これからも連載頑張りますので、末永く応援して頂けたら嬉しいです！

御峰。

この作品の感想をお寄せください。

あて先　〒101-8050　東京都千代田区一ツ橋2-5-10
集英社　ダッシュエックス文庫編集部　気付
御峰。先生　Parum先生

ダッシュエックス文庫

底辺探索者は最強ブラックスライムで配信がバズりました!
～ガチャスキルで当てたのは怠惰な人気者～

御峰。

2024年2月27日　第1刷発行

★定価はカバーに表示してあります

発行者　瓶子吉久
発行所　株式会社　集英社
〒101－8050　東京都千代田区一ツ橋2－5－10
03(3230)6229(編集)
03(3230)6393(販売／書店専用)　03(3230)6080(読者係)
印刷所　図書印刷株式会社
編集協力　蜂須賀隆介

ISBN978-4-08-631541-8 C0193